Christian Heinke

Die Haut

# Christian Heinke
# Die Haut

KaMeRu Verlag

©2008 KaMeRu Verlag, Zürich
Alle Rechte vorbehalten
www.kameru.ch - Spannende Unterhaltung beginnt hier!

Handlung und Personen dieses Romans sind frei erfunden.

Der Autor im Internet
www.heinkedigital.com

Umschlaggestaltung und Satz: diaphan gestaltung, Zürich
Umschlagsfoto: Christian Heinke
Lektorat: Dr. Katarina Graf Mullis
Korrektorat: Mullis & Mullis
Druck: Ayalon Printing & Production, Jerusalem
Printed in Israel

ISBN 978-3-906739-34-2

Bibliographische Information der Deutschen Bibliothek:
Die Deutsche Bibliothek verzeichnet diese Publikation in der Deutschen
Nationalbibliographie; detaillierte bibliographische Daten sind im Internet
über http://dnb.ddb.de abrufbar.

*Für Werner*
*im Dazwischen*
*und Helene*
*am Grunde meines Herzens*

*»Denn das Schöne ist nichts als des Schrecklichen Anfang«*
*Rainer Maria Rilke, 1912*

# Dazwischen

Als der Schmerz wiederkehrte, musste Katherine unweigerlich lächeln.

Ich hatte mich schon gefragt, wo du so lange gesteckt hast, begrüßte sie ihn, als er mit roher Gewalt wieder Besitz von ihr nahm und seine Wucht ihr den Atem verschlug. Vor ihren Augen breitete sich ein graues Nichts aus.

»Nicht, Katherine!«, mahnte der sanfte Bariton des Professors. »Nicht ohnmächtig werden. Ertragen Sie den Schmerz, nur noch ein bisschen länger.«

»Kein Problem«, flüsterte sie fast ohne Stimme. Es war zynisch gemeint.

Der Schmerz wälzte sich genussvoll in ihr, doch der Professor schien es nicht zu bemerken.

»Das ist mein Mädchen«, sagte er. Es sollte wohl väterlich klingen, hallte jedoch nur hohl und falsch in ihrem Schädel wieder.

Sie war diesem Mann scheißegal. Sie wusste es. Mit Gleichgültigkeit kannte sie sich aus. Sie hätte ihn gern geschlagen, doch im Augenblick fühlte sie sich unfähig, auch nur den kleinen Zeh zu bewegen. Der Schmerz lähmte sie, pochte in ihrem Kopf, nagte an ihren Lungen, brannte auf der Haut. Und sie ließ sich von ihm verschlingen.

Katherine Williams kannte den Schmerz gut.

Seit ihrem vierzehnten Lebensjahr war er ihr Vertrauter, ihr Begleiter, ihr unsichtbarer Freund. Ihr ganzes glamouröses, beschissenes, professionelles Leben lang als Model. Der Schmerz folgte ihr überall hin. Keine Leibesvisitation am Flughafen entdeckte ihn. Kein Zollbeamter der Welt verlangte von ihr, ihn zu deklarieren. Er flog mit ihr über Ozeane, hetzte von einer Show zur Nächsten, ließ sich mit ihr schminken und frisieren, stolzierte mit ihr über den Laufsteg, warf sich hastig einen weiteren, sündhaft teuren Fetzen über und wackelte wieder über den Catwalk – mit ihr, die man ehrfurchtsvoll ›Die Göttin‹ nannte und die doch nicht mehr als ein leckeres Stück Fleisch am Stiel war.

Frauen im mittleren Alter hielten bei ihrem Anblick die Luft an, befingerten nervös ihre faltigen Hälse und verordneten sich gleich selbst eine Diät oder eine Operation ihrer verbrauchten Hüllen.

Dicke, braungebrannte Männer leckten sich die Lippen, zupften an den Hosen ihrer Anzüge, um die Erektion zu verbergen und fickten sie in Gedanken, wenn sie kurz am Ende des Laufsteges verharrte.

Blitzlicht durchbohrte sie, Tausende von Augen prüften jeden Zentimeter ihrer Haut – und der Schmerz war immer dabei.

Bei jedem Shooting posierte er mit, zog an jedem Joint, feierte mit ihr bis in den frühen Morgen, teilte sich mit ihr gierig eine im Schwarzlicht bläulich glühende Line und ließ sich ebenso bereitwillig auf irgendeiner Toilette irgendeines exklusiven Clubs in irgendeiner mehr oder weniger wichtigen Metropole von irgendeinem mehr oder weniger wichtigen Mann vögeln.

In diesen Augenblicken, in denen sie sich selbst völlig fern war, in denen ihr makelloser Kokon Dinge vollzog, die sie ihrem Geist, ihrem Verstand niemals zugemutet hätte – wenn ihre Arme den Körper ihres Adonis der Woche umschlungen, ihre Finger sich in sein dunkles Haar krallten und sie auf seinem ebenmäßigen, schwitzenden Gesicht den triumphierenden Ausdruck erkennen konnte, da ausgerechnet *ihm* das Privileg zuteil wurde, Geschlechtsverkehr mit einer der schönsten Frauen auf diesem Planeten zu haben – in diesen Augenblicken trat der Schmerz kurz einen Schritt zurück – zurück in Dunkelheit, aus der er gekommen war.

In ihr wurde es dann ganz still und friedlich und sie fühlte sich für wenige Augenblicke vollkommen frei. Doch dann war dieser Moment der Stille und Freiheit vorüber und sie hörte wieder ihr gemeinsames, schweres Atmen, den kratzigen Hall ihrer Stilettos, die sich an den gekachelten Wänden rieben und kleine schwarze Streifen hinterließen. Das ferne Wummern der Bässe, das Geschnatter von zwei Frauen vor dem großen Spiegel und das Stöhnen der beiden Schwulen in der Kabine nebenan.

»Es reicht«, sagte sie dann meist. Adonis küsste sie dankbar auf den Hals, er streifte das Kondom ab und sie teilten sich das Klopapier, um sich zu säubern – eingespielt wie ein vertrautes Ehepaar. Dann rückten sie ihre Kleidung zurecht, schnupften noch schnell eine Line, verließen die Kabine und warfen sich wieder in den lärmenden Strudel aus Leibern der Schönheit und Leere.

»Ah! Nein, nein! Was haben Sie mir versprochen, Kathy?«, mahnte der Professor.

Katherine überlegte.

Was hatte sie ihm denn versprochen, diesem Arsch?

Sie war so müde. Sie konnte sich nicht erinnern. Dann fiel es ihr wieder ein.

»Wach bleiben?«, fragte sie.

»Ganz genau, Katherine. Sie müssen wach bleiben.«

»Schmerzen... Durst...«, keuchte sie. Ihre Augen füllten sich mit Tränen.

»Schon gut. Es ist bald vorbei. Die Schwester bringt Ihnen gleich ein Glas Wasser. Aber ich möchte Ihnen noch kein Schmerzmittel verabreichen. Der Abbau des PCL ist noch nicht ganz abgeschlossen und derselbe Wirkstoff, der Ihnen die Schmerzen nehmen würde, könnte die Verbindungen der Nervenbahnen mit Ihrer Epidermis verhindern. Und das wollen wir doch nicht, nicht wahr?«

Nein. Natürlich nicht, du Wichser.

Sie hatte keinen Schimmer, was er da faselte. Trotzdem nickte sie stumm.

Was war nur geschehen, dass sie hilflos hier lag, gehüllt in unerträglichen Schmerz und mit diesem Professor Arschloch sprach? War sie in einem Krankenhaus? Und warum konnte sie nichts sehen?

Plötzlich fiel ihr etwas ein. Ein Bild in ihren verschwommenen Erinnerungen wurde ganz scharf: ein fröhliches, vertrautes Gesicht. Sie musste sofort nach ihm fragen. Sein Name war…

»Danny… Wo ist Danny? Geht es ihm gut?«

»Danny?«, wiederholte der Professor ihre Frage und machte dann eine Pause. Keine lange. Doch sogar dieses kurze Schweigen stürzte sie in eine größere Verzweiflung als all der Schmerz und der Durst zuvor.

»Danny geht es gut«, sagte der Professor. »Machen Sie sich keine Sorgen.«

Etwas stimmte nicht.

Sie spürte Dannys Dasein nicht. Als ob das unsichtbare Band, das sie und ihr Kind verband, durchtrennt worden wäre.

Oh, mein Gott! Danny!

»Lügen Sie mich nicht an! Wo ist mein Sohn? Wo ist Danny?«

»Es geht ihm gut, Katherine. Wirklich«, versuchte der Professor sie zu beruhigen.

Ein weiteres Gesicht erschien vor ihrem geistigen Auge.

»Ich kenne Sie«, hatte das Gesicht vor Millionen von Jahren zu ihr gesagt und ihr dann höflich seine Hand dargeboten.

»Ich weiß«, hatte sie entgegnet und seine Hand genommen. Dann war es geschehen.

Sie hatte es gespürt.

Geborgenheit. Schutz. Vielleicht Liebe? Auf jeden Fall: Das Ende des Schmerzes.

»Richard! Wo ist Richard? Ist Rich hier?«

Wieder diese kleine unheimliche Pause. Der reizende Professor schwieg.

»Er ist hier. Gesund und munter. Er wollte sofort zu Ihnen, aber das können wir noch nicht gestatten. Wir müssen auf die Sterilität dieses Raumes besonders achten«, sagte er endlich.

»Will ihn sehen ...«

»Später. Ich verspreche es Ihnen, Katherine.«

»Schwören Sie!«

»Katherine, bitte. Im Moment ist nur wichtig, dass ...«

»Schwören Sie!« Ihre Stimme war schrill und bei jedem Wort entstand ein seltsames, gurgelndes Geräusch. Sie bekam Angst. Was war nur mit ihr?

Der Professor seufzte. »Ich schwöre es beim Leben meiner Frau: Sie werden Richard und Danny wieder sehen. Alles wird wieder gut, Katherine.«

»Gut?«, krächzte sie. »Alles wird gut?«

Rich hatte das immer gesagt. Irgendwann hatte sie ihm das sogar geglaubt. Sie war gerade mit Danny schwanger gewesen und hatte solche Angst, dass ihr früheres Leben mit ihrem Schmerz das neue, in ihr wachsende Leben vergiften könnte und es in ein albtraumhaftes Monster verwandeln würde.

»Alles wird gut, Katherine«, hatte Rich gesagt und sie im Arm gehalten, bis ihre Tränen versiegten, die Panik verebbte.

Ja, Richard hatte sie das geglaubt. Doch diesem Professor glaubte sie nicht. Denn der Schmerz war wieder da. Und wie! Er durchzog ihren Körper mit glühend heißen Drähten.

»Nicht, Katherine«, forderte die Stimme des Professors eindringlich, »nicht ohnmächtig werden. Katherine, bitte! Jetzt nicht ohnmächtig werden! Bleiben Sie hier! Bleiben Sie bei mir ...«

# 1. The Magnificent Seven

*»The first cut is the deepest«*
*Rod Stewart, 1974*

# Zurück

An diesem Morgen hätte es Andy fast in die Praxis geschafft. Er stand wie gewöhnlich früh auf, duschte, rasierte sich und kleidete sich an. Noch während er das Frühstück zubereitete, war er überzeugt, dass er es heute wirklich packen würde. Er hatte echte Fortschritte gemacht. Heute war es endlich soweit.

Nachdem er seine Tasse und den kleinen Teller in die Spüle gestellt hatte, klemmte er sich tatsächlich seine bereits seit Wochen gepackte Aktentasche unter den Arm und ging in die Garage.

Doch statt sich in seinen Saab zu setzen, um in die Praxis nach Easton zu fahren, fiel sein Blick auf das kleine Segelboot im hinteren Teil der Garage. Es war ein Shark 24 und trug den schönen Namen *Vanity*.

Den Namen hatte damals Andys Frau ausgewählt, obwohl er eigentlich gar nicht zu ihr passte. Fran war alles andere als eitel gewesen. Doch aus irgendeinem Grund bestand sie darauf.

Der Mast des Bootes war gebrochen, am Rumpf klebte noch Sand und Tang. Es war auf einer der Sandbänke draußen vor den Calvert Klippen gefunden worden – von Fran fehlte jede Spur.

Er stand lange so da und starrte auf das verendete Boot. Dann drehte er sich um und beschloss, doch lieber spazieren zu gehen.

Und wie schon an all den Tagen zuvor, an denen er es nur bis zur Garage geschafft hatte, endete sein Spaziergang auch heute in St. Michaels – was sind schon sieben Meilen unter Freunden? Er saß in dem Park auf den Stufen des kleinen Pavillons und beobachtete wie in Trance das Treiben bei der Anlegestelle. Die Flut kam und das dumme, störrische Kind in ihm hoffte noch immer, dass sie Fran zurückbringen würde.

Und wenn er lange genug auf die Bucht und die Leere in seinem Inneren gestarrt und der Psychiater in ihm lange genug mit sanfter Stimme beteuert hatte, dass Fran nie wieder zurückkehren würde, dann schloss Andy die Augen und legte in seiner Erinnerung wieder diese eine, besondere Platte auf.

»Nein! Bitte nicht!«, flehte das feige, wehleidige Weichei in ihm, das, wäre es einer seiner Patienten, ihm gutes Geld bringen würde.

Fran und er waren damals noch in Yale gewesen: In ihrem kleinen Zimmer, das sie sich mit Sandy Bergman teilen musste, hatte Fran ein Tuch über die Nachttischlampe geworfen und gemeint, dass sie doch ihrem Schwarm nicht untreu werden durfte. Sie deutete auf das Poster von Sting über ihrem Bett. Daraufhin hatte er aus Papier dem guten alten Sting schnell einen Kopfhörer verpasst, womit er Fran zum Lachen brachte. Er liebte ihr Lachen. Dann legte er die Platte von Bruce ›The Boss‹ Springsteen auf und sie tanzten schweigend im schummrigen Licht zu der Musik. Danach schliefen sie zum ersten Mal miteinander.

Doch nicht ohne dem schönen Sting vorher die Augen zu verbinden.

»Ich kann nicht, wenn dein Schwarm zuguckt«, hatte er gesagt und wieder hatte sie schallend gelacht und ihn geküsst.

Andy begann leise zu wimmern. Tränen rannen über seine Wangen.

Prima! Soviel zu den Fortschritten, Doktor Peterson!, dachte er.

Aus den Augenwinkeln nahm er wahr, wie Jamie mit ihrem kleinen Honda am Rand des Parks anhielt. Sie stieg aus und suchte die Anlage nach ihm ab, die Hand über die Augen haltend, gleich der Karikatur eines Indianers.

»Doc?«, rief sie. Sie hatte ihn noch nicht entdeckt. Wenn er sich duckte, würde sie ihn vielleicht gar nicht sehen.

Sie war klein, rundlich und süß. Eher Spritzgebäck als fähige Sekretärin.

*Nicht so gemein, Honey,* bemerkte Fran.

*Du mochtest es immer, wenn ich gemein war.*

*Ja, Andy. Aber jetzt nicht mehr. Ich bin tot.*

*Gutes Argument.*

Aber was wunderte ihn das? Fran hatte immer gute Argumente gehabt. Sie war eine verdammt gute Anwältin. Er schluckte.

*Gewesen, Liebling. Mein wunderbares Wesen und meine Arbeitskraft sind in Kevins Kanzlei längst von jemand anderem übernommen worden.*

*Ja, ja, schon gut. Ich weiß, dass du tot bist.* Er hob seufzend die Hand, um Jamie auf sich aufmerksam zu machen.

»Ich bin hier!«

Sofort trippelte sie auf ihn zu. Sie hatte Kaffee gekauft und reichte ihm einen Becher White-Chocolate-Mocca. Andy bereute es plötzlich, in Gedanken so gemein zu ihr gewesen zu sein. Sie war eine schlechte Sekretärin, aber ein guter Mensch.

»Wollten Sie heute nicht in die Praxis kommen, Doc? Ich meine so richtig…«

»Yep.«

»Doc?«

»Yep?«

»Aber Sie sitzen nur wieder hier im Park rum. In St. Michaels.«

Statt eines weiteren ›Yep‹ starrte er seine wunderbare, liebenswerte, nervtötende Sekretärin nur an.

»Ich weiß.«

Sie nahm ihm den leeren Becher ab und warf ihn in einen Mülleimer. Dann reichte sie ihm die Hand.

»Na los, kommen Sie!«

»Wohin?«

»Na, wohin wohl? In die Praxis! Sie haben einen Patienten.«

Er blickte sie dümmlich an. »Ich habe *was*?«

»Einen Patienten! Sollten Sie sich nicht mehr erinnern – so nennt man die Menschen, die in Ihre Praxis kommen, um sich von Ihnen die Tassen im Schrank richten zu lassen!«

Als er auf den alten Witz nicht reagierte, senkte Jamie den Blick und schob beleidigt die Unterlippe vor. »Kommen Sie, Doc! Geben

Sie sich einen Ruck.« Sie zog ihm am Arm. Er sperrte sich dagegen.

»Was für einen Patienten?«, fragte er.

»Um genau zu sein: Es ist eine Patientin. Sie wartet bereits seit einer Dreiviertelstunde. Und sie hat bald alle Zeitschriften, die im Wartezimmer aufliegen, ausgelesen. Auch die alten.«

Andy versuchte angestrengt, aus Jamie schlau zu werden. »Eine Patientin? Aber ich praktiziere nicht mehr seit…« Er sprach es nicht aus.

*Sag es.*

*Nein, Fran.*

*Dann denke es wenigstens.*

*Nein.*

*Los.*

*Na schön. Ich praktiziere nicht mehr seit Frans Tod. Seit deinem Tod.*

*Guter Junge.*

Dann glaubte Andy, es erraten zu haben. Er sah seine Sekretärin streng an. »Jamie!«

Doch diese hob abwehrend die Hände. »Nein, Doc! Wirklich! Ich habe keinen Termin mit ihr vereinbart! Sie ist heute Morgen einfach so in die Praxis hereingeschneit!«

»Und warum haben Sie ihr nicht gesagt, dass meine Praxis auf unbestimmte Zeit geschlossen ist? Warum haben Sie sie nicht zu Samuels geschickt? Wie meine anderen Patienten!«

»Das habe ich ihr ja gesagt. Aber sie meinte, für sie würden Sie bestimmt eine Ausnahme machen.«

»Jamie?«

»Nein! Wirklich! Das ist nicht die übliche Masche. Okay, irgendwie tat sie mir leid. Außerdem habe ich gedacht, dass Sie diesmal tatsächlich eine Ausnahme machen.«

»Und warum?«

»Vielleicht, weil Sie besser als Samuels sind?«

Er schüttelte den Kopf. »Ganz bestimmt nicht.«

Das Gegenteil war der Fall: Er war nicht besser als Samuels. Im Augenblick war er derjenige, der dringend eine Therapie brauchte.

»Oh, bitte, Boss! Bitte!«, flehte Jamie.

Langsam begriff Andy.

»Ist die Dame vielleicht prominent?«, fragte er.

Hier im Talbot County war das nicht unwahrscheinlich. Aber warum machte Jamie nur so ein Aufheben um eine weitere Berühmtheit?

»Ist die Dame vielleicht *so* prominent, dass Sie bei den reizenden Bestien Ihres Kaffeekränzchens in der Hackordnung die Treppe nach oben fallen würden, wenn Sie sich mit ihrer Bekanntschaft brüsten könnten?«

Jamie nickte so heftig, dass er fürchtete, ihr Kopf könnte abfallen.

»Debbie Schultz wird sterben vor Neid!«

Er kannte Debbie Schultz. Ein unnatürlicher Tod durch einen akuten Anfall von Neid lag bei ihr wirklich im Bereich des Möglichen. Langsam wurde er neugierig.

»Und verraten Sie mir nun, wer es ist?«

Jamie grinste. »Sie wird Ihnen bestimmt gefallen, Doc.«

»So, wird sie das?«

»Ein Traum von einer Frau! Aber natürlich vollkommen meschugge. Sehe ich sofort. Kein Wunder, nach all dem, was sie durchgemacht hat.«

Andy seufzte. »Okay, Jamie! Also, wer ist es?«

Sie saß auf der schmalen Couch vor seinem Büro und blätterte in der Tat lustlos in einem alten *Readers Digest,* als hätte sie es nun schon zum dritten Mal in der Hand. Sie drehte den Kopf, als er zur Tür hereinkam und lächelte ihn an. Es war ein unverbindliches Lächeln, trotzdem erfasste es Andy mit einer Heftigkeit, die ihn verwirrte.

Es war nicht richtig, so auf sie zu reagieren. Nur das Lächeln seiner Ehefrau durfte solche Gefühle in ihm wecken. Doch er wusste, dass Katherine Williams keine gewöhnliche Frau war. Dafür kannte er sie zu gut. Und sie ihn.

Sie stand auf. Er hob ein wenig hilflos die Arme, um sie zu begrüßen. Ehe er sichs versah, schlang Katherine die Arme um ihn und drückte sich wortlos an ihn.

Sie hat noch den selben Duft wie früher, dachte er irritiert und spürte, dass seine Knie weich wurden.

Und für einen Augenblick war er nicht mehr der verwitwete Psychiater Andy Peterson, sondern der schlaksige Andy, an den sich seine High School-Liebe Kathy schmiegte. Aber er wollte das nicht. Man konnte die Zeit nicht mehr zurückdrehen. Er löste sich sanft aus ihrem Griff.

Sie hatte feuchte Augen und schluchzte. »Verzeih... Es war...«

»Schon gut, Kath.« Er schluckte.

*Sag was Nettes.*

*Fran...*

*Sag was Nettes!*

»Du siehst gut aus.«

»Danke.«

Erst jetzt bemerkten sie Jamie, die mit offenem Mund dastand.

Andy deutete auf die Tür zu seinem Sprechzimmer. »Geh schon hinein. Auf dem Couchtisch müsste noch eine Box Kleenex stehen.«

Sie nickte stumm.

Andy wandte sich zu Jamie, die immer noch dastand, gleich einer Salzsäule, und ihn mit großen Augen ansah.

»Sie kennen Katherine Williams, Doc?«

Andy konnte sich ein Lächeln nicht verkneifen. »Die nächste Stunde keine Anrufe, bitte!«

Sie hatte ihre Schuhe ausgezogen und saß im Schneidersitz auf der Couch. Das Sonnenlicht verfing sich in ihrem Haar und verwandelte es in Honig.

Ich habe ganz vergessen, wie schön sie ist, fuhr es ihm durch den Kopf. Natürlich war er in all den Jahren Katherines Gesicht immer wieder begegnet. Das war unvermeidlich. Überlebensgroß erschien es auf Plakatwänden, gerahmt und beleuchtet in den Schaukästen in sterilen, mit Teppich ausgelegten Gängen auf Flughäfen und als doppelseitiges Abbild in Hochglanzillustrierten.

Doch das war nie die reale, für ihn so vertraute Katherine gewesen, sondern nur ein Gesicht aus seiner Vergangenheit. Nach einigen Jahren versetzten ihm diese Faksimiles nicht einmal mehr einen Stich. Er sah über sie hinweg oder blätterte einfach weiter.

Die echte Katherine Williams, hier in seinem kleinen Wartezimmer, war es, die ihm nun wieder den Atem verschlug.

Sie hatte seinen Blick bemerkt und schlang schützend die Arme um sich.

»Verzeih«, sagte er unbeholfen. Wieder wurde er zu dem kleinen Andy. »Ich... Du siehst einfach fantastisch aus.«

Sie lächelte gequält. »Zu dumm, dass ich mich nicht so fühle.«

»Stimmt es denn, was in den Zeitungen stand?«

»Was meinst du?«

»Nun, das mit den Verbrennungen.«

Sie nickte. »Ja. Über sechzig Prozent meiner Haut waren beschädigt.«

»Aber wie...«

Sie zuckte mit den Achseln. »Doktor Wynter versuchte es mir zu erklären. Aber dieses ganze Tissue-Engineering – Zeug ist mir einfach zu hoch.« Sie lächelte verlegen. »Vielleicht hätte ich die High School doch beenden sollen, wie du mir damals geraten hattest.«

Darauf wusste er nichts zu entgegnen. Bei jedem anderen Patienten hätte er diese Worte als Einstieg in eine Sitzung verwenden können. Doch nicht bei ihr.

»Seit wann bist du hier in Easton?«, fragte er so sanft wie möglich.

»Etwa zwei Wochen.«

*Also hat sie mit sich gehadert, zu dir zu kommen.*

»Und wie gefällt es dir hier?«

»Es ist sehr schön. Ich bin zum ersten Mal hier.«

»Und wo wohnst du?«

»Richard hatte hier schon vor einer Weile ein Anwesen gekauft. Als ich erfuhr, dass du hier lebst, habe ich unseren Umzug immer aufgeschoben. Ich…« Sie unterbrach sich selbst, bevor sie hinzufügte: »Danny hätte das Wasser bestimmt geliebt.«

»Bestimmt.«

»Und wie geht es dir?« Sie fasste sich wieder.

»Es geht.« Auch er versuchte, sich zu fassen. »Was führt dich zu mir, Kath? Ist es wegen dem Unfall? Oder wegen…«

»Danny und Richard? Nein. Deswegen war ich schon in Therapie. Ich will sagen, ich bin es noch. In New York.« Sie biss sich auf die Lippen. »Ich bin eigentlich nur wegen deiner Mail hier. Sie hat mir sehr geholfen.« Ihre Augen wurden wieder feucht. Sie schwieg und saß mit gesenktem Kopf da. »Das mit deiner Frau tut mir sehr leid«, sagte sie schließlich. »Du hast sicher auch eine schwere Zeit durchgemacht. Dein Zuspruch hat mir umso mehr bedeutet.«

»Das war doch selbstverständlich.«

»Nicht unbedingt.« Ihre Hand fuhr den Falten in der Couch nach. »Ich war nicht sehr nett zu dir.«

Er bemerkte, wie Röte in sein Gesicht stieg, und sah zum Fenster hinaus.

»Das ist fünfzehn Jahre her. Wir waren Kinder, Kath. Vergeben und vergessen.«

»Einfach so?«, fragte sie.

Er überlegte, wollte professionell und vorsichtig antworten, doch Katherine war neben Fran der einzige Mensch in seinem Leben, dem es gelang, ihn aus der Reserve zu locken.

»Nun, nicht einfach so, Kath. Aber das Leben geht weiter!«

Sie sah ihm in die Augen und nahm seine Hand. »Tut es das?«, fragte sie.

Unbewusst streichelte er über ihren Handrücken. Erst nach einer Weile wurde ihm bewusst, dass es eine Geste aus ihrer gemeinsamen Zeit war, und er hörte sofort auf damit.

»Es muss schwer für dich sein. Ich habe zwar meine Frau verloren, aber du ...« Er konnte es nicht aussprechen.

Sie nickte. »Er fehlt mir, Andy. Bei jedem Herzschlag. Er fehlt mir so sehr.«

Er sagte nichts. Es gab nichts zu sagen. Er hielt nur ihre Hand.

Ein Schritt.

»Bitte«, flehte Mia, »du musst das nicht tun.« Sie machte einen weiteren Schritt. Rückwärts. Auf den Balkon. »Bitte, nicht.« Die Angst hatte ihr den Teint versaut. Gut, das viele Blut machte es auch nicht besser.

Noch ein Schritt.

»Warum? Warum tust du das?«

Keine Antwort.

Sie stieß mit dem Rücken gegen das Geländer. Ihre Hände tasteten nach einem Ausweg. Es gab keinen.

»Bitte. Ich liebe dich doch. Tu das nicht, Vic!«

Und noch ein Schritt.

»Was willst du von mir?«, schrie sie und fasste an die Träger ihres Negligees. »Ich liebe dich doch! Bitte! Du musst das nicht tun! Hier, ich gehöre dir!«

Der seidene Stoff glitt zu Boden. Ihr schwarzes Haar flatterte im Wind. Sie bekam eine Gänsehaut.

»Bitte, tu, was du willst, echt kein Problem, Vic! Aber bitte leg das Scheißmesser weg!«

Doch er war bereits bei ihr.

Glänzender Stahl im Mondlicht.

Die Lichter der Fahrzeuge auf dem FDR Dr Northbound, weit unter ihr, wie Ströme von Blut.

# Oben

Detective Helen Louisiani betrat gerade die Einfahrt zum River House durch das hohe, schmiedeeiserne Tor im Rokokostil, als sie von einem hindurchrasenden Streifenwagen fast überfahren wurde. Sie war keine besonders großgewachsene Frau, aber so etwas war ihr schon lange nicht mehr passiert. Eben noch rechtzeitig sprang sie beiseite. Der Fahrer hupte und gestikulierte wütend. Als er aber die Polizeimarke am Revers ihres schwarzen Kostüms bemerkte, setzte er die Fahrt nur noch im Schritttempo fort und parkte schließlich am Rande des Hofes neben weiteren Wagen.

Aus der Entfernung erkannte Helen die zivile Limousine ihres Kollegen Davis und vernahm gleichzeitig das Knattern eines Hubschraubers. Sie blickte nach oben. Er war zu weit weg, um das Logo des Fernsehsenders zu sehen.

Die Geier kreisen also schon, dachte sie. Ich werde mich sputen müssen.

In der großzügigen Lobby angekommen, musste sie dreimal ihre Marke zeigen.

Ja, ich bin eine kleine Frau, tobte sie innerlich. Ja, meine Stimme klingt, als wäre ich nicht alt genug, ein Bier bestellen zu dürfen. Ja, ich habe es trotzdem zum Morddezernat geschafft! Danke!

Endlich erreichte sie die Fahrstühle.

»Welcher Stock?«, fragte sie einen der uniformierten Kollegen. Ihre hohe Stimme hallte in der Lobby und wirkte noch unnatürlicher. Doch der junge Kollege hörte es nicht oder ignorierte es einfach. Dann wurde Helen klar, warum: Er war grün im Gesicht. In der Hand hielt er ein zerknülltes Papiertaschentuch. Also erwartete sie kein schöner Anblick.

»Vierzehnter«, sagte er ein wenig verlegen, als er ihren Blick bemerkte. Doch sie war mit ihren Gedanken sowieso schon ganz woanders.

Vierzehnter! Natürlich, war ja klar!, dachte sie und blieb vor der offenen Fahrstuhltür stehen. Für jemanden wie sie, der Aufzüge nicht ausstehen konnte, war dies eindeutig die falsche Stadt.

»Alles in Ordnung?«, fragte der Polizist, als er ihr Zögern bemerkte. Helen grinste unbeholfen und leckte sich nervös die Lippen.

»Alles bestens!«, antwortete sie. Dann drehte sie sich um und ging zu der Tür mit der Aufschrift ›Treppenhaus‹.

Ihre Waden schmerzten und ihr Atem ging heftig, aber ansonsten fühlte sie sich gut, als sie das Penthouse erreichte. Sie war flink und zäh. Sogar den Citymarathon war sie bereits zweimal in einer beachtlichen Zeit gelaufen.

»Wow!«, entfuhr es ihr. Hier würde sie bestimmt keine Platzangst haben.

Helen konnte sich nicht erinnern, je eine solch riesige Wohnung in Manhattan gesehen zu haben. Beim Rundgang durch die einzelnen Räume kam sie an einem Wunder nach dem anderen vorbei: ein Ankleidezimmer in der Größe ihrer eigenen Wohnung in Jersey, gefüllt mit Damenschuhen. Mit Hunderten von Damenschuhen. Aufgereiht wie wartende Autos in einem Parkhaus.

Nun, wenn der kurze Anruf ihres Partners Davis stimmte, dann würde die Eigentümerin wohl nirgendwohin mehr gehen.

Fünf weitere Räume des Stadtpalastes waren Kleidern und Accessoires vorbehalten.

Das hier ist mehr ein Lagerhaus als ein Penthouse, dachte Helen. Doch als sie das Schwimmbad erreichte, musste sie ihre Meinung korrigieren: Wasserspiegelungen tanzten an der Decke. Da waren ein Whirlpool und ein Zugang zu einer Dampfsauna. Das volle

Programm. Wirklich nicht schlecht! Sie pfiff anerkennend durch die Zähne.

Davis, der an der blutverschmierten Glastür, die zur Terrasse führte, stand und mit einem der Sicherheitsleute sprach, bemerkte Helen erst jetzt. Sofort eilte er zu ihr.

»Schön, dass du so schnell kommen konntest!«, sagte er spöttisch. Er trug bereits Gummihandschuhe.

Sie streifte die ihren hastig über. »Ich habe mich beeilt.«

Er schüttelte mitleidig den Kopf. »Du solltest wirklich langsam darüber hinweg kommen.«

Sie wusste, worauf er anspielte: auf ihre Platzangst.

»Ich bin hier, oder?«, entgegnete sie gereizt. Sie war jetzt wirklich nicht in Stimmung, mit ihm darüber zu diskutieren. Sie litt nun mal unter Platz- und Höhenangst. Na und?

»Also, ist sie es wirklich?«, fragte sie.

Davis merkte, dass sie das Thema wechselte und nickte.

»Mia Wong und ihr Lover Victor Adams.«

»Scheiße!«, fluchte Helen laut. Das erklärte das ganze Brimborium. Und es würde nicht einfach werden. In seinem schmalen Gesicht las sie, dass Davis ihre Gedanken erriet. Er wirkte noch angespannter und müder als gewöhnlich.

»Ist Phil informiert?«, fragte sie. So nannten sie ihren gemeinsamen Vorgesetzten, Polizeichef Philips.

»Ja, ich habe schon mit ihm gesprochen. Sobald wir hier fertig sind, gebe ich ihm Details für die Pressekonferenz durch. Ich hatte so an elf Uhr gedacht.«

«Klingt gut.«

Die Politik der Stadt gegenüber der Presse hatte sich geändert. Besonders bei einem solch prominenten Opfer. Und besonders bei diesem Fall. Hätten sie nicht selbst die entsprechenden Informationen an die Medien weitergeleitet, wäre die Zudringlichkeit der Journalisten unerträglich geworden. Also fütterte man die Boa freiwillig, bevor sie einen selbst in den Schwitzkasten nahm. Natürlich funktionierte das nur, wenn die Ermittlungsbeamten schnell genug Ergebnisse lieferten. Aber in diesem Fall würde das ja wohl kein Problem sein.

»Ist das hier ihre Wohnung?«, fragte sie.

»Nein, sie gehört Victor Adams. Ist irgendein hohes Tier bei einem Medienkonzern«, erklärte Davis.

»War«, verbesserte Helen ihn. »Und haben wir wieder ein Messer?«

»Yep. Ein Küchenmesser.«

»Personal?«

»Hatte frei. Anscheinend wollten die beiden es sich zu Hause gemütlich machen.«

»Und wo ist er?«

»Liegt im Schlafzimmer, auf dem Bett.«

»Und du bist sicher, dass er unser Mann ist?«

»Kein Zweifel. Methode und Arrangement der Leiche sind gleich.«

»Aber warum?«, fragte sie.

»Das werden wir wohl nie mehr erfahren. Lass uns froh sein, dass es vorbei ist.«

»›Froh‹ ist wohl nicht ganz der richtige Ausdruck, findest du nicht?«

Davis zuckte mit den Achseln. »Willst du sie sehen? Sie liegt draußen.«

Helen überlegte, dann schüttelte sie den Kopf. »Nein, ich will erst ihn sehen.«

Die Einrichtung des Schlafzimmers war schlicht und elegant. An allen vier Wänden hingen verglaste, jedoch leere Bilderrahmen.

Der tote Victor Adams lag auf dem riesigen, hölzernen, futonartigen Bett, die Arme ausgebreitet. In der linken Hand hielt er ein großes Fleischermesser. Unzählige horizontale und vertikale Schnitte verunstalteten Ober- und Unterarme. Das Bett und der weiße Teppich waren mit Blut vollgesogen. Offenbar hatte er sich erst selbst verletzt und sich dann die Pulsadern aufgeschnitten.

»Was meinst du zu diesen Wunden an den Armen?«, fragte Helen.

»Vielleicht wollte er sich bestrafen. Dafür, was er Inez Diega angetan hatte.«

Helen schnalzte mit der Zunge. »Ja, vielleicht.«

Sie versuchte, sich jedes Detail der Leiche und des Raumes einzuprägen. Die Spurensicherung würde alles auf Fotos festhalten, doch Bilder wiedergaben niemals das Gefühl eines Tatorts.

Schließlich nickte sie. »In Ordnung. Jetzt sie.«

Mia Wong lehnte mit dem Oberkörper gegen die Balustrade, die dürren, endlosen Beine ausgestreckt. Helen sah unwillkürlich über die entstellte Leiche hinweg und musste schlucken. Von hier aus hatte man einen großartigen Blick auf den East River und auf die Queensborough Bridge. Großartig und hoch...

Verdammt!

Sie musste sich zusammenreißen. Es reichte, dass sie heute schon eine Schlacht im Kampf gegen die Phobie verloren hatte. Sie zwang sich, sich auf das tote, verstümmelte Topmodel zu konzentrieren.

Helen hatte in ihrer langjährigen Laufbahn schon viele Tote gesehen, darunter auch grausam zugerichtete Opfer. Doch sie verstand jetzt, warum der junge Beamte in der Eingangshalle sich hatte übergeben müssen. So etwas sah man wirklich nicht jeden Tag.

Also schön, überlegte sie, das Offensichtliche zuerst: Wie schon bei Inez Diega hatte Victor Adams seiner Freundin Mia Wong mit dem Messer die Haut vom Körper geschält. Sie lag, wie nassgewordenes Geschenkpapier, in Fetzen um die Leiche herum. Mia schien bei der Prozedur noch bei Bewusstsein gewesen zu sein, denn es waren überall Spuren eines heftigen Kampfes zu erkennen. Irgendwann hatte sie dann die Kraft verloren, sich zu wehren und der

Täter konnte in Ruhe sein grausames Werk vollenden. Erst danach hatte er ihr den Bauch aufgeschlitzt.

Helen stutzte. »Die Wunde am Bauch unterscheidet sich von der, die er Inez Diega zugefügt hatte.«

Davis beugte sich über die Leiche. »Du hast recht. Das ist mir vorhin gar nicht aufgefallen. Es ist ja auch alles voller Blut.«

Helen tat einen Schritt auf die Leiche zu und spürte, wie sie Schwindel erfasste.

»Verdammt!«, zischte sie und umfasste Davis' Handgelenk.

»Willst du lieber reingehen?« Er sah sie besorgt an.

»Nein. Schon gut«. Sie machte noch einen Schritt und ging vorsichtig in die Hocke. Nun war das Geländer zwischen ihr und dem gähnenden Abgrund. Sie seufzte. Das war wirklich nicht ihr Tag. Sie betrachtete den entsetzlich verstümmelten Körper.

Sie ist so dünn, dachte sie.

Schon auf Fotos und im Fernsehen sahen die Models dünn aus, aber so, in Wirklichkeit, wirkte der Körper der Frau ausgemergelt und leicht wie Papier.

Nur Haut und Knochen.

Und ihr sauberer Freund Victor hatte dafür gesorgt, dass ihr im Tod nur noch Letzteres blieb – die Knochen.

»Nun, wenigstens kann der Scheißkerl keinen Schaden mehr anrichten«, bemerkte Davis nüchtern.

»Schon richtig«, murmelte Helen und sah noch immer auf Mia Wongs Leiche. »Aber diese Arme hier hat er noch erwischt.«

Sie spürte Davis' Hand auf ihrer Schulter.

»Mach dir keine Vorwürfe, Helen. Wir waren erst eine Woche an dem Mord von Inez Diega dran. Wir hatten Victor Adams bis jetzt noch nicht mal in den Kreis der Verdächtigen aufgenommen. Und doch hat er es getan. Hundertprozentig.« Er begann zu grinsen.

Sie kannte Davis schon seit vier Jahren und wusste es genau zu deuten.

»Wir haben ihn *in flagranti*?«, fragte sie ungläubig und hob die Augenbrauen.

Er nickte.

Davis führte sie in das Schlafzimmer. Dort nahm er eine Fernbedienung vom Nachttisch und zeigte sie Helen wie ein Magier ein Requisit vor einem Zaubertrick.

»Und?«, fragte Helen ungeduldig.

»Pass mal auf!« Er drückte eine Taste.

Die Bilderrahmen an den Wänden erwachten zum Leben und sie stellte mit Erstaunen fest, dass es geschickt verkleidete Flachbildschirme waren.

Sie zeigten alle das Gleiche: Ein Video, das offensichtlich in diesem Raum von verschiedenen Kamerapositionen aus aufgenommen worden war. Man sah Victor Adams im Bett liegen. Mia Wong kam aus dem angrenzenden Bad. Sie trug ein fast durchsichtiges Negligee. Sie legte sich zu Victor aufs Bett und küsste ihn. Er umarmte sie. Seine Hände glitten unter den dünnen Stoff.

Helen wandte sich ab und sah sich im Raum um. Auf den ersten Blick konnte sie keine Kameras entdecken. Doch als sie die sich im schnellen Wechsel ablösenden Blickwinkel des Videos als Anhaltspunkte nahm, erkannte sie ein halbes Dutzend kleiner Löcher in Decke und Wänden.

Davis grinste. »Cool, nicht wahr? Früher benutzte man Spiegel. Jetzt ist das hier der letzte Schrei. Sechs Kameras, sechs Winkel. Nacheinander geschaltet. Das Bild wechselt alle fünf Sekunden. So einen Clip gibts nicht mal auf MTV.«

»Wers braucht!« Helen schüttelte den Kopf. »Ich finde es, milde gesagt, seltsam.«

»Aber für uns sehr nützlich!« Davis deutete auf einen der Schirme. »Hier kommt es.«

Helen blickte wieder hin.

Victor Adams küsste Mia Wong, flüsterte ihr etwas ins Ohr,

stand dann auf und verließ das Schlafzimmer. Mia Wong räkelte sich auf dem Bett.

Helen schluckte. Sie verfolgten jetzt die letzten Minuten im Leben dieser Frau. Wie viele andere Opfer eines Verbrechens, ahnte auch Mia nicht, was ihr gleich bevorstand.

Lauf weg!, rief Helen ihr in Gedanken zu. Doch es war zu spät. Mia Wong war bereits gehäutet und tot.

Victor Adams war ins Schlafzimmer und ins Bild zurückgekehrt. Er hielt ein großes Messer in der Hand. Mia Wong hatte einen fragenden Ausdruck auf dem Gesicht.

»Was soll das?«, las Helen von ihren Lippen. »Hey, was soll…«

Dann stach Victor Adams zu. Mia drehte sich zur Seite und das Messer streifte ihre Schulter. Sie schrie auf. Blut quoll aus der klaffenden Wunde. Mia sprang aus dem Bett, lief aus dem Blickfeld der Kameras. Vollkommen ruhig und scheinbar gefühllos erhob sich Victor und folgte seiner Freundin.

Davis spulte die Aufzeichnung vor. »Eine halbe Stunde zeichnet die Kamera keine Veränderung auf«, erklärte er.

Das stimmte nicht ganz. Es gab eine Veränderung, wenn auch nur eine kleine: Das Blut auf dem Bettlaken begann im Zeitraffer zu trocknen. Es wurde immer dunkler, fast schwarz. Dann kehrte Victor Adams ins Bild zurück. Sein Oberkörper, seine Arme und Beine waren voller Blut. Er setzte sich auf die Bettkante und begann dann, sich selbst mit dem Messer zu verletzten. Dabei wechselte er manchmal das Messer von der rechten Hand in die linke. Dann legte er sich hin und öffnete sich mit zwei schnellen, vertikalen Schnitten die Pulsadern. Er breitete die Arme aus. Das aus den Adern sickernde Blut zeichnete einen Bogen auf die Bettlaken.

Victor Adams schloss die Augen. Einige Minuten später wurde das Heben und Senken seines Brustkorbs langsamer und hörte schließlich ganz auf.

Er war tot.

»Das wars«, murmelte Davis.

»Ich weiß nicht, wie es dir geht, Davis«, sagte Helen nach einer Weile, »aber ich brauche jetzt eine Pause.«

Als sie endlich das sechsunddreißigste Stockwerk erreichten, zündete sich Davis bereits die zweite Zigarette an. Sie standen am Eingang zum Dach und er hielt Helen die Tür auf.

Sie warf einen Blick nach draußen. Von hier aus glich die Queensborough Bridge dem bleichen Rückgrat eines Skeletts.

Helen schüttelte den Kopf. »Ich bleibe hier stehen, wenn es dir nichts ausmacht.«

Es machte ihm nichts aus. Stumm reichte er ihr die Zigarette. So standen sie eine Weile da und rauchten, ohne ein Wort zu sagen.

»Also, was denkst du?«, fragte er schließlich.

Helen starrte in die Ferne. »Ich weiß nicht recht. Ich finde, all das ergibt keinen Sinn.«

»Aber wir haben den Täter auf dem Videoband!«

»Warten wir auf die DNA-Analyse.«

»Die wird es nur bestätigen. Das weißt du. Er war es, Helen.«

»Aber warum? Welchen Grund hatte ein Mann wie Adams, so etwas zu tun?«

»Hatten wir nicht schon oft ähnliche Überraschungen erlebt?«

»Ja. Aber diesmal ist es anders. Es ist zu glatt. Zu perfekt. Er hat nicht mal mit der Wimper gezuckt, als er sie verletzte. Ein Mensch tickt nicht so einfach aus und verhält sich dann so präzise und ohne Skrupel.«

»Okay, Helen. Legen wir die offensichtlichen Fakten einmal beiseite. Was sagt dir dein Instinkt, was da unten geschehen ist?«

Helen schüttelte den Kopf. »Ich weiß es nicht, Davis. Ich weiß es einfach nicht.«

# Unten

Sie überlegte.

Das Leben kann wirklich seltsam und überraschend zu dir sein, dachte sie. Von einer Sekunde auf die andere führt es dich ganz unvermittelt an die seltsamsten Orte. Eben noch spielst du über den Wolken mit deinem über alles geliebten Kind und bist ein wenig böse, dass dein Mann, wie immer, tief über sein Laptop gebeugt, in der Arbeit versinkt.

Und dann, ganz plötzlich, hört all das auf zu existieren ...

Um dich herum lodernde Flammen.

Du liegst unbequem und seltsam verrenkt auf etwas, das sich später als ein Teil des Learjet – Fahrwerks herausstellen wird.

Du versuchst, dich zu bewegen.

Es geht nicht.

Du hebst deinen Arm.

Das geht irgendwie.

Du betrachtest ihn verwundert.

Er sieht komisch aus. Aus seiner verbrannten Haut strömt schwelender Rauch in den Nachthimmel. Und er riecht stark nach Barbecue. Das Barbecue, das du am Wochenende veranstalten wolltest.

Nun, daraus wird wohl nichts mehr werden.

»Scheiße!«, sagst du krächzend und bereitest dich auf das Ende deines seltsamen und immer wieder so überraschenden Lebens vor.


»Schönheit ist nicht alles, wissen Sie«, hatte Katherine Williams damals gesagt und ihr unbeholfenes Lächeln erschien ihm dabei ein wenig zu perfekt.

Brav auswendig gelernt, dachte er bei sich, nickte aber artig mit dem Kopf. Es war Zeit, die Schraube ein wenig anzuziehen.

»Aber ist es nicht gerade diese Schönheit, die Sie und die anderen

Supermodels der so genannten *Magnificent Seven* im letzten Jahr zusammen ungefähr siebzig Millionen Dollar hat verdienen lassen, Katherine?«

»Das ist natürlich richtig«, entgegnete sie kühl und spielte mit ihrem Diamantarmband. Das Interview schien sie zu langweilen.

»Mein Aussehen ist mein Kapital. Und diese astronomischen Summen, welche die anderen Mädchen und ich damit verdienen, können einen manchmal auch in Versuchung führen, die Bodenhaftung zu verlieren.«

Er musste grinsen. Jetzt ist sie reif, dachte er.

»Wenn Schönheit nicht alles ist, wie Sie sagen, dann bereiten Sie sich bestimmt auf ein Leben nach Ihrer Modelkarriere vor. Wie sehen Ihre Pläne aus? Möchten Sie einmal eine Familie gründen?«

Bei dieser Frage zuckte sie leicht zusammen. Zum ersten Mal während des Gesprächs hatte er das Gefühl, dass ihre Fassade bröckelte.

»Im Moment mache ich mir darüber keine Gedanken. Sicherlich, eines Tages möchte ich sesshaft werden. Aber vorerst genieße ich mein Leben so wie es ist.«

»Ist dieser Wunsch, das Leben zu genießen, der Grund dafür, dass Sie sich gerade von Ihrer langjährigen Jugendliebe getrennt haben?«

»Wie bitte?«

Ihr an sich schon blasses Gesicht – das kommt sicherlich von dem Koks. Diese Schlampen schnupfen alle Koks. Ich kenne mich da aus, blitzte es ihm durch den Kopf – verlor all ihre Farbe und ähnelte nun noch mehr einem Puppenkopf, ohne jedes Leben, ohne den Funken jeglichen Verstandes.

Zufrieden über seine gottgleichen, journalistischen Fähigkeiten schnalzte er mit der Zunge.

»Einen Augenblick! Ich habe den Namen sogar hier! Sein Name ist Andy... Andy Peterson. Student der Psychologie in Yale. Ist es nicht so, Katherine?«

»Das Gespräch ist beendet!«, zischte sie.

»Halt! Hey, nun warten Sie doch, Katherine! Es war doch nur ... Hey ...«

Die Tür fiel mit einem Knall hinter ihr ins Schloss.

Er saß allein in dem Hotelzimmer.

Er musste lachen. »Was für 'ne zickige kleine F ...«

Das Telefon riss ihn aus seinen Erinnerungen.

»Ja?«, bellte er in den Hörer.

Es war Charlie von der Poststelle. Als er hier beim *Inquisitor* seine erste Post bekam, hatte er noch gedacht, dass der Umschlag vielleicht mit Anthrax gefüllt sein könnte.

*Aber... bleiben wir doch mal auf dem Teppich, Doug. Bei den Geschichten, die du hier beim »National Inquisitor« zusammenklaubst, wäre das höchste der Gefühle eine brennende, mit Scheiße gefüllte Papiertüte auf deiner Veranda als Drohung... Oder vielleicht eine tote Ratte im Karton. Die Zeiten, wo du eine Celebrity vom Kaliber einer Katherine Williams in die Mangel nehmen durftest, sind schon lange vorbei.*

Genervt fragte Charlie nach, ob er die Post nun raufschicken sollte.

»Ja! Ja, klar! Schick sie rauf!«, antwortete Doug gedankenverloren und legte auf. Dann blätterte er wieder in der Mappe mit Material über die *Magnificient Seven*, die er angelegt hatte, nachdem ihn der erste Brief erreichte.

Diese Briefe.

Diese gottverdammten Briefe.

Sie hätten sein Ticket aus dieser Hölle sein können. Doch jetzt bekam er tatsächlich nur noch Ratten und Scheiße.

In den beiden Briefen damals hatte immer das Gleiche gestanden: I'M ALIVE. ICH LEBE.

Mit dem Computer geschrieben. Times Zeichensatz. Stinknormales Papier. Beim ersten hatte er noch gedacht, jemand in der

Redaktion wolle ihn verarschen. Doch kurz darauf kam über den Ticker die Meldung, dass ein Supermodel der *Magnificient Seven* tot aufgefunden worden war: Inez Diega, eine rassige Schönheit aus Brasilien.

Es war ihm sofort eingefallen, dass sie ihm einmal, in den guten alten Zeiten, auf einer Party in Mailand einen blies. Einfach so, aus einer Laune heraus. Nein, Inez war wirklich nie so zickig gewesen wie die Williams.

Erst hieß es, sie und ihr Freund wären bei einem Wohnungsbrand in ihrem gemeinsamen Penthouse an der Fifth Avenue ums Leben gekommen. Inez' Freund, ein aufstrebender Hollywoodstar, hatte wohl nachts vergessen, im Bett die Zigarette auszumachen.

Au revoir und auf Wiedersehen, wie man am Zuckerhut wohl sagt.

Gerüchten zu Folge glaubten die Cops jedoch nicht an einen Unfall. Besonders die Ermittlerin in diesem Fall, eine gewisse Helen Louisiani, soll davon überzeugt gewesen sein, dass an der Sache etwas faul war.

Tja, und dann landete der zweite Brief auf Dougs Schreibtisch. Und kurz darauf hieß es auch schon: Abgang von Mia Wong. Ritsch Ratsch. Der aalglatte Victor Adams vergisst für einen Moment das Millionenverdienen und weidet stattdessen seine schlitzäugige Matratze fachmännisch aus. Und weil ihn das so betrübt, tötet er sich gleich auch selbst.

Doch der gute Doug wusste es besser, nicht wahr?

Er wollte schon mit der Geschichte groß rauskommen, als einige seiner alten Verbindungen zum NYPD ihm steckten, dass die ermittelnden Detectives davon ausgingen, dass Victor Adams auch die Diega und ihren Freund auf dem Gewissen hatte.

Case closed!

Tja, soviel dazu!

Verdammt, er war so nahe dran gewesen. Diese Geschichte sollte sein großes Comeback werden. Zurück in den Sattel, Cowboy!

Ja. Das wärs gewesen. Die Briefe waren sehr wahrscheinlich nur ein Produkt der kranken Phantasie irgendeines Wichtigtuers.

Doug betrachtete sie einen Augenblick, dann knüllte er sie zu zusammen und versuchte, sie mit einem gezielten Wurf in den Papierkorb zu befördern. Doch das Knäuel prallte am Rand ab und landete auf dem Boden.

»Shit«, murmelte er, als Pete, der immer verpennte Bote, ihm lustlos die Post auf seinen Schreibtisch warf.

»Hey!«, fuhr Doug ihn an. Doch der Junge hörte ihn gar nicht, da aus seinen Kopfhörern wieder einmal dieser verfickte Gothic-Sound mit voller Lautstärke dröhnte.

Müde bückte er sich, hob die zusammengeknüllten Briefe auf und legte sie in den Papierkorb. Als er sich wieder aufrichtete, erspähte er zwischen seiner Post einen schmalen Umschlag, der ihm bekannt vorkam.

Sein Herz begann schneller zu schlagen.

Scheiße, könnte es sein... Er fischte den Brief aus dem Stapel. Mit zittrigen Fingern riss er ihn auf.

I'M ALIVE, stand da.

»Yes!«, schrie er und lachte auf. Er las den Satz nochmals, diesmal laut: »I'm alive.«

*Oh, ich weiß genau, was du meinst, Kumpel!*

Er sprang auf und lief zum Büro des Chefredakteurs. Doch auf halbem Wege machte er kehrt, ging zu seinem Platz zurück, fischte die ersten beiden Briefe aus dem Papierkorb, strich sie ein wenig glatt und steuerte dann wieder leichtfüßig das Büro des Chefredakteurs an.

*Douglas Melvin ist wieder im Geschäft!*

Er legte sich schon eine Schlagzeile für die Titelzeile zurecht.

Diese würde er gegebenenfalls noch verändern müssen – schließlich wusste er ja noch nicht, welche der verbliebenen fünf Pussies es als nächste erwischen würde.

Das Kings County Hospital in Brooklyn war eines der fünf Leichenschauhäuser im Großraum New York. Das *County*, wie es kurz genannt wurde, war ein wuchtiger, kantiger Bau aus dem 19. Jahrhundert.

Jener Trakt, der die forensische Abteilung beherbergte, lag im verwinkelten Kellergeschoss des Hauptgebäudes und besaß wenig von dem sauberen, geschäftigen Charme der oberen Etagen. Helen trat aus dem hell erleuchteten Treppenhaus in den halbdunklen Gang. Seine Decke war gewölbt und nach Helens Geschmack ein wenig zu niedrig. Sie war nicht gern hier.

Aus den Ritzen der dunkelroten Backsteinwände sickerte der Geruch der unzähligen Toten durch, die hier seit über einhundert Jahren durchgeschleust worden waren.

Helens Schritte hallten laut auf dem schmutzigen, grauen Linoleum. Sie ertappte sich dabei, dass sie das einsame Geräusch schneller gehen ließ. Endlich war sie am Ende des Ganges angelangt. Sie seufzte erleichtert auf, drückte das Kreuz durch, wie es sich für einen guten Soldaten gehörte und betrat die Pathologie.

Der Angestellte des Leichenschauhauses hatte sie angerufen. Brooklyn war eigentlich nicht ihr Revier, doch Helen hatte im Rahmen der Ermittlungen veranlasst, dass jeder Todesfall eines Models im Großraum New York an sie weitergeleitet wurde.

Der Angestellte war klein, untersetzt und trug einen dichten, schwarzen Ziegenbart. Er öffnete die Tür der Kühlkammer und zog die stählerne Bahre mit der Toten heraus. Die Leiche war, wie üblich, in halbdurchsichtiges Plastik eingeschlagen, was Helen immer an die Duschszene aus *Psycho* denken ließ.

Der Mann hatte bei dem Anblick offenbar eine andere Assoziation.

»Und hier haben wir TV-Dinner Nummer Drei«, sagte er.

»Wie bitte?« Helen verstand nicht, was er meinte.

Er grinste. »Kennen Sie diese Burritos für die Mikrowelle nicht?

Die sind echt Klasse!« Er deutete auf die Tote. »Sieht genau so aus, ehrlich.«

»Bitte?«, knurrte Helen und sah ihn eisig an. Sie hatte schon mehr als genug Leichen gesehen, doch sie war noch immer der Meinung, dass man jeden Toten respektvoll behandeln sollte.

»Hey, schon gut!«, entgegnete er und ließ Helen mit der Leiche allein.

Sie streifte sich ein neues Paar Handschuhe über und öffnete den Plastiksack. Die unpassende Bemerkung des Pathologieangestellten ging ihr nicht aus dem Kopf.

*TV-Dinner. Im Grunde genommen war der Spruch doch treffend. Sei doch ehrlich, Helen. Wann berührte es dich wirklich das letzte Mal, als du so einen Sack geöffnet hast... Na, erinnerst du dich?*

Ihr wurde heiß. Sie schwitzte. War dieser Raum irgendwie kleiner geworden?

»Aufhören!«, rief sie in die Stille.

Sie atmete tief durch. Der Raum wich zurück. Die Panikattacke war so schnell wieder vorüber wie sie gekommen war. Gut, dass Davis das nicht mitbekommen hat, dachte sie.

Sie schluckte und betrachtete die Tote.

Es handelte sich um Anuradha Apala, indisches Topmodel, bekannt auf der ganzen Welt als ›Anu‹.

Ihre vom Sturz zerschmetterte Leiche wurde auf dem Dach eines SUVs gefunden. Der Concierge des Gebäudes half gerade einer alten Dame aus dem Wagen, als Anu auf das Dach des Mercedes krachte. Die alte Dame stürzte zu Boden und brach sich das Becken, der Concierge kam mit dem Schock seines Lebens davon.

Anu, mit einem Messer bewaffnet, war auf das Dach ihres Apartmenthauses am Central Park gestiegen, hatte sich den Bauch aufgeschlitzt – und war dann gesprungen. Einfach so.

Obwohl, vielleicht doch nicht »einfach so«...

Helen untersuchte den Bauch der Toten. Er war tatsächlich aufgeschlitzt. Aber das Muster dieses Verbrechens entsprach nicht genau jenem der vorherigen zwei Gewalttaten. Inez Diega, Mia Wong und Anu hatten nur eines gemeinsam: Sie alle waren berühmte Models gewesen.

Helen strich sich das Haar hinters Ohr, was sie immer tat, wenn sie in Gedanken versunken war.

Nun gut. Eine unterschiedliche Vorgehensweise. Anu hatte sich, im Gegensatz zu den beiden anderen Toten, ihre Verletzungen selbst zugefügt.

Aber warum? Wozu diese Mühe? Warum sich erst den Bauch aufschlitzen und dann springen? Vielleicht ein Ritual?

Der Mann mit dem Ziegenbart betrat wieder den Raum und räusperte sich ungeduldig. »Sind Sie nun fertig?«

Helen seufzte und wollte sich von der Toten abwenden, als ihr etwas auffiel, das sie stocken ließ.

»Was sind das für Einschnitte an den Armen? Sind die durch den Aufprall entstanden?«, fragte sie ihn.

Der Bärtige besah sich angestrengt die Schnittwunden und zuckte mit den Achseln. »Hmm, möglich...«

»Aber?«

»Nichts ›aber‹.«

»Wissen Sie, wann Doktor Boyle dazu kommt, die Obduktion vorzunehmen?«

Der Mann kratzte sich am Kopf. »Puh, weiß nicht. Jetzt nach dem Grillfest in Crown Heights...«

Mit dem Grillfest meinte er wohl sicher den Brand eines Hauses, voll mit illegalen Einwanderern, fiel Helen ein.

Sie hatte davon über den Polizeifunk gehört – fünfzehn Tote. Kein Wunder, dass Doktor Boyle, der Leiter der hiesigen Gerichtsmedizin, nicht hier war. Sie fragte sich grimmig, wie wohl Mr. Spaßvogel eine bis zur Unkenntlichkeit verbrannte Leiche nennen würde.

*Wahrscheinlich Wiener Würstchen am Stock!*

Sie bemühte sich, ihren Ärger über diesen Idioten herunterzuschlucken. Noch einmal begutachtete sie die Tote. Die Schnitte an den Unterarmen kamen ihr je länger desto merkwürdiger vor.

Helen überlegte.

»Könnten diese Schnitte von dem Messer stammen?«, fragte sie.

»Hmm…« Der Mann beugte sich nochmals widerwillig über die Leiche. »Schon möglich«, murmelte er schließlich.

Helen rollte die Augen. »Herrgott, nun kommen Sie schon! Ja oder nein?«

Der Mann hob abwehrend die Hände. »Schon gut, okay? Sie meinen, wie bei einer absichtlichen Selbstverletzung zum Beispiel?« Erneut besah er sich die Wunden. »Ja, kann sein… Kann wirklich sein…«

Helen stürmte hinaus, griff nach ihrem Mobiltelefon und wählte die Nummer von Davis.

»Davis?… Gott, der Empfang ist schrecklich… Wir müssen zum Tatort von dieser Anu… Ich glaube nicht, dass der Fall schon abgeschlossen ist! Was? Was? Nein, nein. Ich bin im County. Im Leichenschauhaus. Die Anu hat Spuren von Selbstverletzungen an den Unterarmen! Ich weiß, dass sie vom Dach gesprungen ist! Davis… nicht schreien… woher soll ich das denn wissen? Ich weiß, dass Phil sauer sein wird! Dann sag dem Chief die Wahrheit! Na, dass wir ein drittes Opfer haben und dass es sich höchstwahrscheinlich um einen Serientäter handelt! Okay! Wenn du ihm das nicht sagen kannst, dann rede eben ich mit ihm!… Ja!… Du könntest schon mal die Aufenthaltsorte der vier Models der… Genau! *Magnificent Seven*! Ja! Ja, das glaube ich wirklich! Davis, einmal ist keinmal! Zweimal ist Zufall! Aber bei einem dritten Opfer… ich… ja… Danke! Wir treffen uns dort!« Helen legte auf und eilte zurück.

»Hey, Lady? Kann ich sie wieder einpacken?«, fragte der Pathologieangestellte ungeduldig.

»Nein! Die Frau ist ein Mordopfer. Veranlassen Sie, dass sie zu uns nach Manhattan überführt wird!«

»Ach, Scheiße! Wissen Sie, wie viel Papierkram das bedeutet? Das wird mir einen Haufen Arbeit bescheren!«

Helen lächelte ihn schadenfroh an. »Und wissen Sie, was mir besonders gut daran gefällt? Dass es *Ihr* Haufen Arbeit ist.«

Damit ließ sie ihn stehen.

»Danke für gar nichts, Lady!«, rief er ihr wütend nach.

Helen hatte noch immer den Geruch der Toten in der Nase, als sie vor dem Apartmenthaus, in dem Anuradha Apala gewohnt hatte, auf Davis traf.

»Hey, Helen. Ein Serienkiller? Bist du dir da wirklich sicher?«, fragte er.

Helen nickte grimmig. »Victor Adams ist definitiv nicht unser Mann. Ich bin überzeugt, dass der Mörder von Inez Diega, Mia Wong und Anuradha Apala noch immer frei herumläuft.«

Davis schlug mit der Faust wütend auf das Dach des Wagens. »Scheiße! Phil wird uns den Arsch aufreißen.«

Helen klopfte ihm aufmunternd auf die Schulter. »Nicht wenn wir verhindern können, dass der Bastard noch eine weitere der *Magnificent Seven* erwischt. Hast du schon die Aufenthaltsorte der verbleibenden Vier ausfindig gemacht?«

»Zwei bisher. Lauren Gramney und Vivian Lemoire. Beide sind laut ihrer Agentur für einen Shooting-Termin hier in New York gebucht. Katherine Williams und Ella Henson sind auf Reisen. Die Henson wahrscheinlich in Italien, die Williams irgendwo hier in den Staaten.«

»Gute Arbeit!« Helen lächelte. »Wenn wir hier fertig sind, kümmern wir uns als Erstes um Gramm und Lemoire. Bisher hat der Täter nur in New York zugeschlagen. Die Henson und die Williams sind noch relativ sicher, hoffe ich …«

»Wenn deine Vermutung stimmt«, entgegnete Davis.

»Ja, wenn meine Vermutung stimmt«, sagte Helen.

Und wenn der Täter sich daran hält, dachte sie bei sich, als sie gemeinsam die Treppen zum Apartment der toten Apala hinaufstiegen.

# Innen

Das nächste Mal traf Andy Katherine im *Safeway* Supermarkt in Easton.

Er schob gerade seinen Einkaufswagen zur Kasse und versuchte dabei, nicht von der nervigen Rose Smitherton gesehen zu werden, als er *sie* sah.

Sie stand am Ende der Schlange, trug eine schwarze Jeans, ein einfaches, schwarzes T-Shirt, Flip-Flops und hatte ihr Haar zu einem Pferdeschwanz zusammengebunden. Unscheinbar. Einfach, ihr ›Mädchen von nebenan‹ – Outfit. Vollkommen unspektakulär.

Warum schlug sein Herz dann plötzlich schneller?

Er überlegte, ob er flüchten oder angreifen sollte, als er sah, wie sie einen Blick auf den Zeitungsständer warf und erstarrte.

Sie nahm die Zeitung in die Hand. Er konnte die Schlagzeile nicht lesen, schloss aber aus ihrer Reaktion, dass es sich um keine gute Nachricht handelte: Kathys Lippen formten ein stummes ›Shit‹. Sie las weiter, während sie ihre Einkäufe auf das Laufband legte. Ihre Hand tastete gedankenverloren nach einer Glasflasche *No-Fat-Milk* und ließ diese zu früh los. Die Flasche fiel zu Boden, zerbarst und besprengte die Umstehenden mit weißer Gischt.

»Oh, Shit!«, rief Kathy nun laut, bückte sich und begann, sich entschuldigend, die Scherben aufzusammeln. Einige Frauen drehten sich um und Andy merkte, dass sie sie erkannt hatten, denn sie begannen sich zuzuflüstern: »Das ist doch diese Williams! Was für ein Trampel!«

»Ja! Und sie sieht gar nicht so gut aus wie auf den Fotos!«

»Und sie ist so schrecklich dünn!«

»Tja, hat kein Gramm Fett auf den Rippen.«

»Und ebenso wenig Manieren.«

Andy beachtete die Frauen nicht weiter, schob seinen Einkaufswagen zur Seite und ging zu Katherine.

»Hey!«, begrüßte er sie.

Sie sah auf und lächelte. »Selber ›hey‹!« Doch plötzlich rief sie: »Autsch!« Sie hatte sich an einer der Scherben geschnitten. Ein einzelner Tropfen Blut fiel in die Milchpfütze und zerfloss zu einem rosa Fleck. Katherine lutschte an dem Daumen.

Ein Angestellter eilte mit Eimer und Scheuerlappen herbei.

»Alles in Ordnung?«, fragte Andy und half ihr auf.

»Nein«, antwortete sie ernster als er erwartet hätte. Sie deutete auf die Zeitung in ihrem Einkaufswagen.

*Da waren es nur noch Vier! Drittes Topmodel in Folge brutal ermordet!*, lautete die reißerische Schlagzeile.

»Jesus«, entfuhr es ihm. Mehr fiel ihm dazu nicht ein.

»Ja! Jesus Fucking Christ!«, pflichtete Katherine ihm laut bei.

Die Umstehenden murmelten verstört, eine Frau an der Kasse bekreuzigte sich.

Katherine lächelte schief und blickte in die Runde. »Sorry!«

Sie bezahlten hastig und verließen den Laden.

Sie hakte sich bei ihm unter und flüsterte: »Ich vergesse immer wieder, dass ich nicht mehr in New York lebe.«

Er musste grinsen. »Das hat dich früher doch auch nicht gestört.«

Sie blieb stehen und sah ihn traurig an. »Du hast recht. Und wie du recht hast.«

Er sah sie an. »Hey... tut mir leid. Ich...«

Katherine legte ihm die Finger auf den Mund. »Du musst nichts sagen, Andy. Von allen Menschen, die ich in meinem Leben verletzt habe, bist du derjenige, bei dem ich es am meisten bereue.«

Sie gingen zu ihrem Wagen. Es war ein deutscher Geländewagen, der nach einem indianischen Volk benannt worden war – ein Cherokee.

Andy hatte einmal auf einer Cocktailparty, bereits angeheitert, dem Besitzer eines Mercedes – Autohauses vorgeschlagen, die Deutschen sollen doch ihre Autos nach jenen Völkern benennen, die sie selbst fast ausgerottet hatten. Daraufhin hatte er einen heftigen Fußtritt von Fran kassiert.

Er wusste nicht, warum ihm das gerade jetzt einfiel. Vielleicht deswegen, weil Katherines Worte ihm die Welt bedeutet hätten, bevor er Fran traf. Doch jetzt, nach all den Jahren, bedeuteten sie ihm nichts mehr.

Natürlich war Fran anderer Meinung!

*Andy, mein Schatz. Mir konntest du nie etwas vormachen. Wieso kannst du es dir dann selbst immer so gut?*

*Ich weiß nicht, Fran, ich weiß es wirklich nicht.*

»Andy?«, fragte Katherine leise.

»Es tut mir leid, Kath. Was soll ich dazu sagen? Außer dass wir damals Kinder waren. Vergeben und vergessen.«

Katherine neigte den Kopf zur Seite.

»Okay«, meinte sie und für einen Augenblick konnte Andy ihr Gesicht nicht von Frans unterscheiden.

Es war nun an ihm, etwas zu sagen. Er deutete auf die Zeitung. »Möchtest du darüber reden?«

Sie sah ihn lange an, dann nickte sie.

»Ja. Wenn ich ehrlich bin, ja. Sehr gerne. Gibt es hier irgendwo vielleicht ein Café?«


Das *Coffee East* Café war noch immer so gemütlich, wie er es in Erinnerung hatte.

Es gab frischen Käsekuchen und Andy bestellte für sie beide je ein Stück.

Im Gegensatz zum *Safeway* Supermarkt wurde Katherine hier gleich erkannt und angesprochen. Sie ließ die Prozedur des Autogrammgebens auf einige Servietten, auf eine Sportzeitschrift und sogar auf den Rechnungsblock der Kellnerin über sich ergehen.

»Das geht natürlich auf Kosten des Hauses, Miss Williams«, sagte die junge Frau, als sie ihnen dann endlich den Kuchen brachte.

»Ich sollte öfter mit dir ausgehen«, bemerkte Andy und lächelte.

Katherine sah ihn an. »Glaub mir, Andy, so toll ist das nicht, eine Celebrity zu sein. Alles hat seinen Preis.« Sie nippte an ihrem Kaffee.

Er nickte. »Natürlich. Kannst du mir vielleicht Karten für die *Knicks* besorgen?«

Katherine hob die Brauen. »Äh...«, begann sie.

Andy berührte leicht ihr Kinn. »Das war nur ein Scherz, Kath.«

»Tut mir leid«, entgegnete sie und versuchte zu lächeln. »Mir ist im Moment nicht so sehr nach Scherzen zumute.«

Erst jetzt bemerkte er, dass Kathy nicht nur leger, sondern auch ganz in Schwarz gekleidet war.

Sie war in Trauer. In Trauer um ihre tote Freundin.

Er kam sich wie ein Idiot vor.

*Falsch, Mr. Peterson. Du bist ein Idiot.*

»Verzeih, Kath. Du warst mit Mia gut befreundet, nicht wahr?«

Katherine nickte, nahm einen weiteren Schluck von ihrem Kaffee und blickte durchs Fenster auf die Goldsborough Street.

»Sagen wir, Mia und ich haben so einiges erlebt...«


»Was haben Sie gesagt?«, hatte sie gelangweilt gefragt.

»Wundelschön! Sie wundelschön!«, schrie der kleine Japaner. Er reichte ihr gerade bis an die Brust und es sah so aus, als hielte er ihre Nippel für Mikrofone. Zumindest sprach er in diese statt in ihr Ohr hinein.

»Katherine Williams, ja, wundelschön!«

Sollte er ruhig in ihre Nippel sprechen, solange er sie nicht für die Knöpfe eines iPods hielt und versuchte, daran herumzuspielen. Diese Vorstellung fand sie plötzlich sehr belustigend. Sie hatte vorher in der Limousine ein wenig Speed genommen. Gegen die Langeweile. Doch gerade diese brachte das Brabbeln des Japaners wieder zurück. Hilfe suchend sah sie sich nach Mia um.

Das *El Rey* am Wilshire war gerammelt voll und Katherine brauchte einen Moment, um ihre Freundin an der Bar zu entdecken. Mia führte ein intensives Gespräch mit einem gut aussehenden Mann. Dunkles Haar. Perfektes Westküsten-Material. Er trug einen teuren Anzug, darunter ein schwarzes »KILL BILL GATES«-T-Shirt.

Mia schien den Mann nicht zu erkennen. Katherine schon. Gerade deswegen entlockte ihr der Anblick seines T-Shirts ein Lächeln – genau das strahlende Lächeln, das man auf zahlreichen Covers der *Vogue* und des *Harpers Bazaar* sehen konnte. In diesem Augenblick sah er zu ihr herüber und ihre Blicke trafen sich. In Katherines Kopf wurde es auf einmal still. Etwas Unglaubliches geschah: Der Schmerz in ihr verschwand, trat ins Dunkel zurück. Einfach so.

Könnte es sein, dass…?

»Wundelschön!«, brüllte der Japaner. Er hatte eine feuchte Aussprache und sie spürte, wie kleine Spritzer seines Speichels auf ihrem Dekolleté landeten. Das lenkte sie kurz ab.

Als sie wieder zu dem Mann an der Bar sah, waren er und Mia verschwunden.

*Nein! Bitte, tu mir das nicht an!*

»Shooshoo-gomen«, sagte sie und ließ den kleinen, feuchten Japaner stehen.

Wie sie Mia kannte, würde sie die beiden im oberen Stockwerk im VIP-Bereich finden. Sie musste sich beeilen. Mia war den ganzen Tag schon auf Koks und hatte dem Türsteher zur Begrüßung fast einen geblasen. Dagegen war ja nichts einzuwenden. Doch wenn es um *ihn* ging, machte Mias Verhalten Katherine nervös. Sie bahnte sich einen Weg durch das Chaos tanzender Körper.

Sie hatte sich nicht geirrt: Mia stolzierte die Treppe herunter.

»Was ist?«, fragte Katherine sie unschuldig.

Mia rollte die Augen. »Was für ein Freak! Kein Koks, kein *H*! Voll Retro!«

»Klingt nach einer Herausforderung«, stellte Katherine fest. Sie tauschten kurze Blicke, dann zuckte Mia mit den Achseln. »Sei mein Gast!«

Mit diesen Worten warf sie sich in die Arme eines Typen, der genauso aussah wie der neue Anwärter auf die Rolle des James Bond. Dann stellte Katherine mit Erstaunen fest, dass es tatsächlich der hoffnungsvolle Darsteller des 007 war. Vor einigen Monaten war sie in einem Hotelbett aufgewacht und genau dieser Typ steckte mit seinem Kopf zwischen ihren Beinen. Wie sie sich auch bemühte, Katherine konnte sich nicht mehr an seinen Namen erinnern. Sollte man eigentlich nicht den Namen eines Menschen behalten, dessen Kopf man so intim kennengelernt hatte? Der Namenlose nickte ihr zu. Er schien sich zu erinnern. Wie peinlich! Nun, eines war sicher: Mia würde keinen langweiligen Abend verbringen…

Im VIP-Bereich des Clubs tummelten sich einige Bodyguards, ein paar Freunde des Mannes und jede Menge Models. Einer der Guards musterte sie, erkannte ihr Gesicht und lächelte.

»Herr Baxter ist der Mann dort drüben auf der Couch.«

Katherine nickte. Im Gegensatz zu Mia konsumierte sie neben illegalen Drogen und Filmstars auch mal, während eines Interkontinentalfluges, eine der Online-Zeitungen.

Dann stand sie vor ihm. Auf einer lang gezogenen Couch lümmelten sich drei weitere Vertreterinnen der *Magnificent Seven*: Inez, Lauren und Anu. Dazwischen saß Baxter. Inez hatte die Hand bereits auf seinem Schenkel. Als Baxter Katherine bemerkte, nahm er

Inez' Hand, deutete einen höflichen Handkuss an und schob sie sanft, aber bestimmt zurück. Dann erhob er sich, um Katherine zu begrüßen.

»Ich kenne Sie«, sagte er. Er hielt ihr die Hand hin.

»Ich weiß«, entgegnete Katherine und nahm seine Hand.

Und wieder wurde es in ihr vollkommen still. Der Schmerz wich überraschend zurück und von einem Augenblick auf den anderen verschwand er für eine lange, lange Zeit.

»Ja, wir haben einiges durchgemacht.«

Wo immer Katherine vorher gewesen war – sie war wieder zurückgekehrt.

Sie sah ihn an. Eine einzelne Träne rollte ihr makelloses Gesicht herab.

»Hey«, begann Andy beruhigend und nahm ihre Hand.

Sie senkte den Blick. Mit der freien Hand wischte sie einige Zuckerkörnchen vom Tisch.

»Ich … ich habe gelogen«, sagte sie schließlich. »Ich bin nicht in Therapie. Um ehrlich zu sein, ich habe sie abgebrochen. Und als ich bei dir war, glaubte ich, dich bitten zu können, mir vielleicht zu helfen. Aber als ich dich dann wieder sah, konnte ich es nicht. Ich …« Sie verstummte.

Er überlegte, was sie von ihm erwartete. »Wenn du meine Dienste als Therapeut in Anspruch nehmen willst, sollten wir vielleicht lieber in meine Praxis gehen«, sagte er und ein unguter, tief vergrabener Teil von ihm hoffte, dass er sich irrte.

»Nein«, entgegnete sie zögernd. »Ich glaube, als ich dich wieder sah, wurde mir klar, dass ich dich im Moment nicht brauche …« Katherine sah ihm tief in die Augen.

»Ich meine, nicht als Therapeut.«

Andy sah sie verblüfft an.

Katherine fuhr fort: »Seit meinem Unfall habe ich mich nie mehr richtig sicher gefühlt.« Sie machte eine lange Pause und er wusste, was sie nicht aussprechen konnte: »Nach Dannys und Richards Tod habe ich mich nicht mehr sicher gefühlt.«

»Dann diese schreckliche Sache mit Mia«, fügte sie hinzu. »Und jetzt sogar Anu! Ich weiß nicht mehr weiter, ich möchte mich nur einfach wieder mal geborgen fühlen. So wie früher, so wie ich mich damals bei dir gefühlt habe.« Sie begann sanft mit dem Daumen seine Hand zu streicheln.

*Hey, Shrink…*

Es war nur eine kleine, harmlose Berührung, trotzdem bekam er eine heftige Erektion. Er empfand es als peinlich und pubertär und wurde rot wie ein Schuljunge.

*Herrgott, Andy, sie will doch nichts von dir. Sie fühlt sich einfach nur allein und braucht jetzt einen Freund. Sei einfach ihr Freund.*

»Nein!«, stieß er leise hervor und sprang so hastig auf, dass er mit dem Knie gegen die Tischkante schlug. Der Kaffee schwappte über den Tassenrand und bildete eine kleine Lache auf dem Tisch, was die ganze Situation noch peinlicher machte.

»Es tut mir leid, Kathy«, stammelte er. »Aber ich muss gehen.«

»Andy?« Sie sah ihn fragend an. »Warte doch! Lass mich erklären!«, versuchte Katherine ihn zurückzuhalten.

Doch er griff bereits nach der Tüte mit den Einkäufen und eilte los. An der Tür stieß er mit einem Pärchen zusammen. Ohne sich zu entschuldigen und ohne sich umzudrehen, verließ er das Café.

Sie blieb allein am Tisch zurück.

Die anderen Gäste hatten den kleinen Zwischenfall mitbekommen und starrten sie nun neugierig an.

Die junge Kellnerin trat an den Tisch und räusperte sich. »Schmeckte der Kaffee Mr. Peterson nicht?«, fragte sie höflich.

Katherine lächelte verlegen in die gaffende Runde.

»Oh, nein! Der Kaffee schmeckte wunderbar! Ich glaube aber, *ich* habe etwas gehörig vermasselt!«

Damit war alles gesagt. Die Kellnerin senkte peinlich berührt den Kopf und die anderen wandten sich endlich ab.

Katherine schluckte leer. Wie dumm von ihr, Andy so zu überrumpeln! Sie hatte ihm damals das Herz gebrochen. Und anscheinend war er immer noch nicht darüber hinweg.

Klasse gemacht! Ganz die gute alte Katherine! ›Die Göttin‹ Williams!

Ihr Handy klingelte.

Na, großartig, dachte sie. Warum hatte derjenige bloß nicht fünf Minuten früher angerufen, bevor sie die Karre in den Dreck gefahren hatte?

Ohne auf die Nummer zu achten, nahm Katherine das Gespräch an: »Ja?«

»Spreche ich mit Katherine Williams?«, flüsterte eine Stimme am anderen Ende der Leitung.

Ein Perverser! Das hatte ihr jetzt gerade noch gefehlt!

»Falsch verbunden!«, entgegnete sie verärgert und legte auf.

Es klingelte erneut. Diesmal sah sie auf das Display, doch es wurde keine Nummer angezeigt.

Sie seufzte und nahm ab. »Hören Sie, ich bin im Moment wirklich nicht in Stimmung für irgendeinen Scheiß!«, sagte sie bestimmt.

Der Anrufer antwortete nicht.

Katherine lauschte dem gedämpften Rauschen der Leitung, das von einem metallischen Kreischen unterbrochen wurde. Was war es? Eine Säge vielleicht?

»Katherine Williams?«, fragte die Flüsterstimme so plötzlich, dass Katherine unweigerlich zusammenzuckte.

»Was wollen Sie?«, rief sie aufgebracht.

»Ich bin am Leben!«, teilte ihr die Stimme mit. Dann legte der Unbekannte auf.

Langsam klappte Katherine ihr Handy zu.

»Miss Williams?«

»Ja!« Katherine schrie auf. Sie zitterte am ganzen Körper.

»Oh, entschuldigen Sie!« Die nette Kellnerin stand wieder am

Tisch. »Ich wollte Sie nicht erschrecken. Ich wollte nur fragen, ob Sie noch etwas wünschen.«

Katherine zwang sich zu einem Lächeln. »Nein, danke. Die Rechnung, bitte.«

»Bitte? Ich...« Die junge Frau sah sie schuldbewusst an.

»Es ist schon gut«, beruhigte Katherine sie. «Alles in Ordnung. Wirklich.«

Sie atmete tief durch und sah der Kellnerin nach. Als diese nach einigen Minuten mit der Rechnung zurückkehrte, gab sie ihr ein fürstliches Trinkgeld.

Katherine ließ gerade das Wechselgeld in ihren Geldbeutel gleiten, als ihr Handy wieder klingelte. Da auch der Vibrationsalarm eingeschaltet war, tänzelte das Gerät auf der Tischplatte. Sie musterte es, als wäre es eine vor Gift strotzende, behaarte Spinne.

Schließlich nahm sie all ihren Mut zusammen und das Handy in die Hand. Sie klappte es auf und drückte die Taste, um das Gespräch anzunehmen.

»Hören Sie mir gut zu! Sie...«, rief sie.

»Katherine Williams?«, fragte eine hohe Frauenstimme.

»Ja?«

»Ich bin Detective Helen Louisiani, NYPD. Miss Williams, wo erreiche ich Sie gerade?«

# 2. Der Schwan

*»I know where beauty lives*
*I've seen it once, I know the warm she gives«*
*Madonna, 1986*

# Davor

Die *Capitol Subway* war eines der zahlreichen kleinen Geheimnisse von D.C., das eigentlich keines war. Da die Bahn nur von Mitgliedern, Mitarbeitern und Angehörigen des Senats benutzt werden durfte, war sie im Bewusstsein der amerikanischen Öffentlichkeit so gut wie inexistent. Sie verband unterirdisch die drei um das Kapitol gelegenen Gebäude, in denen sich die Büros der Senatoren befanden.

Professor Wynter war weder Mitglied des Senats noch Mitarbeiter oder Verwandter eines US-Senators. Dennoch saß er in dieser Bahn unterwegs zum Russel Building, denn er war Gast des ehrenwerten Senators Williams aus Virginia.

Williams' Mitarbeiter, ein schweigsamer, afroamerikanischer Riese mit kahl rasiertem Schädel, saß ihm in der engen Kabine gegenüber. Wynter konnte nicht abschätzen, wie alt der Mann war, was ihn ein wenig verunsicherte, da es zu seinem Beruf gehörte, den Kampf gegen die Entropie des menschlichen Körpers zu führen.

Er lächelte den Mann an. »Können Sie mir vielleicht jetzt verraten, worum es geht?«

Seit seiner Ankunft am Flughafen hatte der Riese all seine Fragen ignoriert. Auch jetzt musterte er ihn nur teilnahmslos, dann entgegnete er, zu Wynters Überraschung: »Senator Williams hat mich beauftragt, Sie zu ihm zu bringen.«

Wynter nickte. »Verstehe.« Er holte aus der Innentasche seines Kaschmirmantels eine Cohiba.

Wieder musterte ihn der Schwarze. »Hier ist das Rauchen untersagt.«

Wynter zuckte entschuldigend mit den Achseln. »Verstehe, verstehe«, entgegnete er seufzend und steckte seine Zigarre wieder ein.

Das Büro des Senators war ein Abbild seiner Persönlichkeit: geschmackvoll, aber penibel, stilvoll, aber kühl.

»Professor Wynter!«, begrüßte ihn Senator Williams fröhlich.

»Senator«, entgegnete er.

Der Senator winkte ab. »Nennen Sie mich Dick!«

»Okay, Dick.« Wynter mochte ihn sofort.

»Recht so! Was wollen Sie trinken? Bourbon? Scotch?«

»Bourbon wäre mir recht. Mit ein wenig Eis.«

»Kommt sofort.«

Der Senator bereitete den Drink zu und reichte ihm dann das Glas. Sie stießen an und tranken schweigend.

Williams' Augen wirkten müde. Die Tränensäcke waren eine Spur dunkler als das ansonsten vor Kraft strotzende Gesicht.

»Hören Sie, Professor«, begann der Senator. »Ich will gleich zur Sache kommen.« Er lockerte die Krawatte, bevor er weiter sprach. »Es geht um meine Tochter Katherine.«

»Ich habe davon gehört. Es tut mir leid.«

»Wissen Sie, Professor ...«

»Erich ...«

»Was?«

»Wenn ich Sie Dick nennen soll, dann möchte ich, dass Sie mich Erich nennen.«

»Nun gut, also, Erich. Ihr Mitleid in allen Ehren, aber es ist so, dass es mir reicht, von allen Seiten gut gemeintes Mitleid in den Arsch geschoben zu bekommen! Ich habe es satt!«

Er knallte das leere Glas so hart auf seinen Schreibtisch, dass ein paar Eiswürfel in die Höhe flogen wie Gestein aus einem Vulkan.

»Es war nicht meine Absicht«, bemerkte Wynter, doch der Senator hob die Hand.

»Ich weiß! Verzeihen Sie den kleinen Ausbruch. Ich will nur endlich etwas gegen den Zustand meiner Tochter unternehmen, verstehen Sie?«

»Natürlich.«

»Sehen Sie, und genau deshalb habe ich Sie kommen lassen.«

Wynter räusperte sich. Er ahnte, worum es ging.

»Hören Sie, Dick. Ich kann nur wiederholen, was ich Ihnen das letzte Mal gesagt habe.«

Der Senator trat hinter seinem Schreibtisch hervor, setzte sich genau vor Wynter auf die Schreibtischplatte, neigte den Kopf zur Seite und begann – zu Wynters Verwunderung – zu grinsen. Es war kein angenehmes Grinsen. So grinsten Menschen, die im Begriff waren, etwas zu tun, was sie oder andere später bereuen würden.

Wynter schmeckte Schweiß auf seiner Oberlippe.

Der Senator griff hinter sich.

Wynter hüstelte nervös. Gab der Senator ihm vielleicht die Schuld an dem Zustand seiner Tochter? Er würde doch nicht…

Mit einer abrupten Bewegung streckte der Senator ihm etwas entgegen. Instinktiv schloss Wynter die Augen. Als er sie wieder öffnete und erkannte, was Williams in der Hand hielt, atmete er erleichtert auf.

Es war nur eine Akte. Stumm reichte der Senator sie ihm.

Wynter schlug die erste Seite auf, hielt inne und las. Einmal, zweimal, dreimal.

»Ist das wirklich Ihr Ernst?«, fragte er schließlich und blickte den Senator entgeistert an.

Wieder neigte Williams den Kopf zur Seite. Wieder erschien dieses unheimliche Grinsen auf seinem Gesicht.

»Glauben Sie, ich gehöre zu den Männern, die man nicht ernst nehmen sollte, Erich?«

Wynter schüttelte stumm den Kopf. Er nahm diesen Mann ernst. Denn jeder, der es nicht tat, hatte es früher oder später zu bereuen. Bitter zu bereuen.

»Aber wie wollen Sie das anstellen? Ich meine, wenn das heraus kommt…«

»Lassen Sie das nur meine Sorge sein, Professor!«

Die förmliche Anrede kündigte das Ende des vertraulichen Gesprächs an. Der Senator wurde wieder eins mit seinem Arbeitszimmer: geschmackvoll, aber penibel, stilvoll, aber kühl.

Wynter kam nicht umhin, ihn zu bewundern. Nein, Bewunderung war nicht die richtige Bezeichnung für das Gefühl, das Williams in ihm weckte. Angst war es.

Eigentlich hatte Wynter Angst vor ihm.

Einen Monat zuvor hatte Andy von Katherines Flugzeugabsturz erfahren. Er war gerade mit dem Wagen unterwegs und hörte wie immer den Talkradio-Sender WBCM. Werbung lief. Irgendein Spot, in dem eine gestresste Mutter ihren Racker nur Dank den Segnungen von Advil ertragen konnte. Andy wollte schon den Sender wechseln, als der Moderator eine aktuelle Nachricht verlas: »Wie wir gerade erfahren, kam der Milliardär Richard Baxter bei dem Absturz seines Privatjets ums Leben. Neben der Besatzung befanden sich auch seine Frau, das ehemalige Topmodel Katherine Williams und ihr gemeinsamer Sohn, der sechsjährige Daniel Baxter, an Bord der Maschine. Zurzeit ist noch nicht klar, ob Katherine Williams und ihr Sohn den Absturz überlebten. Wir halten Sie auf jeden Fall auf dem Laufenden!«

Andy blieb zunächst vollkommen ruhig. Er steuerte den Wagen auf den Standstreifen, ließ ihn ausrollen und schaltete den Motor aus.

Ab und zu überholte ihn ein Wagen oder ein Truck. Ihr Fahrtwind ließ dann den Saab kurz erzittern. Die Stoßdämpfer mussten wohl wieder mal ausgewechselt werden. Er wollte schon seit über einem halben Jahr in die Werkstatt damit. Aber dann war das mit Fran passiert, sie ...

*Sie starb.*

*Wenn du es schon nicht sagen kannst, dann denk es doch wenigstens, Shrink ...*

»Nenn mich nicht so, Fran«, flüsterte er seiner toten Frau zu. »Bitte, nicht du auch noch ...«

*Hey, Shrink...*

Katherine. Katherine hatte ihn so immer genannt.

*Was machst denn du hier?*

Das letzte Mal vor vierzehn Jahren...

Andy hatte die Musik schon gehört, ehe sich die Tür des Fahrstuhls öffnete: einen Song von ABBA, laut genug, um damit den halben Block zu beglücken.

Er seufzte.

Katherine gab mal wieder eine ihrer Partys. Eigentlich wollte er sie schon nachmittags mit seinem Besuch überraschen. Normalerweise brauchte er von New Haven nach New York nur zwei Stunden. Wegen eines schweren Unfalls auf der Interstate 95 hatte es heute vier Stunden gedauert.

Ihm hatte ein ruhiger, gemeinsamer Abend vor dem Fernseher vorgeschwebt. Nun ja, mit solchen Planänderungen musste man rechnen, wenn man mit einer der schönsten Frauen auf diesem Planeten liiert war.

Das Loft lag in schummrigem Halbdunkel. Dutzende Menschen standen herum; einige kannte er, die meisten jedoch nicht. Auf dem Couchtisch war Koks aufgeschüttet wie Backmehl für einen Hefeteig. Angewidert schob er sich daran vorbei und wischte mit seiner Tasche, die er geschultert hatte, ein wenig vom Tisch.

»Hey, pass doch auf, Weirdo!«, fauchte ihn eine hochgewachsene Schöne an.

»Ich wohne hier, wenns recht ist!«, entgegnete er kurz angebunden.

Die Schöne schien erst jetzt wirklich Notiz von ihm zu nehmen. Sie stand auf und massierte sich mit dem Finger den Rest ihrer Line ins Zahnfleisch.

»Du bist Andy, nicht?«, rief sie.

»Ja! Und du bist Ella, oder?« Er kannte ihr Gesicht von einem Plakat am Times Square.

Sie nickte. Ihre Lippen wurden schmal, ihre Augen traurig. »Du solltest nicht hier sein, Andy. Du solltest besser gehen.«

Er sah sie verblüfft an. Hatte sie ihn nicht richtig verstanden? Er wohnte schließlich hier.

Ella hielt seinem Blick stand und legte ihre Hand mit den langen, schmalen Fingern auf seine Schulter.

»Bitte! Geh! Jetzt gleich. Es ist besser so, glaub mir.«

»Wovon redest du?«, fragte er, doch dann hielt er auch schon inne.

*Nein. Das würde sie nicht tun. Sie redet über...*

»Kathy«, flüsterte er und entwand sich Ellas Griff. Er lief in Richtung der hinteren Räume des Lofts, in Richtung ihres gemeinsamen Schlafzimmers.

*Nicht fair. Das ist nicht fair. Dazu gehören schließlich immer...*

Zwei, nein, drei Körper wälzten sich auf dem Bett.

»Kathy?«, fragte er in das Knäuel aus Leibern.

»Badezimmer«, stöhnte das Knäuel.

»Danke«, murmelte er dümmlich.

*Nicht fair... Nicht fair... Nicht fair!*

»Kathy?«, rief er durch die geschlossene Glastür des Badezimmers.

»Verpiss dich, wir ficken hier!«, rief eine Stimme zurück. Eine männliche Stimme.

Die Scheibe zerbarst.

Er stellte den Stuhl zur Seite und quetschte sich durch die von Scherben gerahmte Öffnung.

Der Mann, dem die Stimme gehörte, saß auf dem Rand der Badewanne. Rittlings auf ihm, die gespreizten Beine gegen die Kacheln gepresst, saß Katherine. Sie hatte Andy den Rücken zugewandt und sah ihn nicht.

Die Tatsache, dass er die Tür eingeschlagen hatte, schien sie nicht zu stören. Andy öffnete den Mund, um etwas zu sagen – vielleicht ein einfaches »Hey« – doch noch bevor er es tun konnte, blickte Kathy, *seine* Kathy, ihn über die Schulter an.

*Nicht fair…*

Ihr langes Haar war vom Schweiß verklebt. Ihre Wangen waren gerötet. Sie lächelte vor Verzückung.

*Nicht fair…*

»Hey, Shrink«, keuchte sie. »Was willst du denn hier?« Sie starrte ihn an. Und genoss seinen jämmerlichen Anblick. Sie genoss, dass er sie so sah.

*Nicht fair…*

Er drehte sich auf dem Absatz um, öffnete die zerstörte Tür. Sie schepperte laut, als er sie mit aller Wucht zuschlug und ging.

Nach einer Weile kam Ella herein und lehnte sich gegen den Türrahmen des Badezimmers. Sie hielt ein halbleeres Glas Champagner in der Hand und fuhr mit dem Finger über den Rand.

»Er ist weg, Kath«, sagte sie leise.

»Gut«, entgegnete Katherine, ohne sie anzusehen.

»Hey, Baby«, murmelte der Mann unter ihr. »Bin ich so gut, dass du vor Wonne schon heulst?«

Mechanisch wischte sich Katherine über das Gesicht. Tatsächlich. Tränen. Der zerlaufene Kajal verpasste ihr die Augen eines traurigen Waschbären. Sie küsste den Mann, den sie vor einer Stunde nicht mal gekannt hatte, auf die Stirn.

»Sei brav und mach einfach weiter, okay?«

*Hast du mich vermisst?*, fragte eine altbekannte Stimme in ihr.

Sie lächelte. *Ich habe mich schon gefragt, wo du gesteckt hast…*

Wieder erzitterte der Saab, als ein Lastwagen an ihm vorbeidonnerte.

Das Radio brachte Neuigkeiten: »Wie wir eben erfahren, überlebte Katherine Williams den Absturz des Privatjets ihres Mannes Richard Baxter mit schwersten Verbrennungen...«

Katherine, dachte er.

Sie lebt. *Sie* lebt.

»Nicht fair«, flüsterte er plötzlich. »Nicht fair.« Er schlug mit aller Kraft aufs Lenkrad. »Nicht fair! Nicht fair! Verdammt, verdammt, verdammt! Nicht fair!«

Er begann zu schluchzen.

Wieso nur, wieso nur hatte diese selbstgefällige Fotze überlebt und Fran, seine Fran, nicht? Wieso nur? Gab es auf der Welt denn keine Gerechtigkeit?

Das Radio gab ihm die Antwort: »... und es wurde auch bestätigt, dass der gemeinsame Sohn von Richard Baxter und Katherine Williams den Absturz leider nicht überlebte.«

Andy hielt inne.

*Na, Shrink? Jetzt zufrieden? Sie hat dir das Herz gebrochen. Na und? Vielleicht hattest du sie ja gar nicht verdient. Ebenso...*

»Nein«, flüsterte er.

*Ebenso wenig wie mich. Hast du dir diese Frage denn nie gestellt? Wirklich nicht? Hast du dich nie gefragt, warum ich damals draußen in der Bay geblieben bin? Ich sags dir, es ist ganz einfach...*

»Nein! Oh Gott, nein!« Tränen schossen ihm in die Augen. Salzig. Heiß. Ohne Mitleid.

*Weil du mich nicht verdient hattest!*

»Oh Gott, mein Gott!«, stammelte er unter Tränen. »Gott! Oh Gott! Nein, oh Gott...« Er wiederholte die Worte immer und immer wieder.

Ein unvollendetes Gebet an seine Dämonen.

# Draußen

»Was hat sie gesagt?«, fragte Davis, als sie im Zivilwagen mit Blaulicht und Sirene über den Broadway rasten. Helen hatte gerade das Gespräch mit Katherine Williams beendet.

»Sie meint, es sei alles in Ordnung und sie fühle sich auf ihrem Anwesen sicher«, antwortete Helen nachdenklich und betrachtete die Regentropfen, die der Fahrtwind auf das Seitenfenster warf. Sie krochen wie kleine Käfer der Scheibe entlang.

Als Helen eine Weile lang schwieg, sah Davis sie kurz von der Seite an. »Aber irgendwas passt dir nicht, hab ich recht?«

»Ich weiß nicht. Ich hatte das Gefühl, dass sie mir nicht alles erzählen wollte.« Sie seufzte. »Ach, ich weiß nicht. Vielleicht hatte sie bloß der Tod ihrer Freundin so aus der Bahn geworfen.«

Wieder schielte Davis zu ihr herüber und grinste. »Aber, klar! Als ob die Intuition von Helen Louisiani uns jemals getäuscht hätte!«

Helen war verblüfft. Es geschah nicht oft, dass Davis eine Bemerkung machte, die einem Kompliment so nahe kam. Sie musste lächeln.

»Achte lieber auf die Straße«, winkte sie ab.

Davis befolgte gerade noch rechtzeitig ihren Rat.

Ein Lieferwagen schoss aus einer Seitengasse.

Helen hielt den Atem an und umfasste verkrampft die Sitzlehne. Nur mit einem halsbrecherischen Schlenker konnte Davis einen Zusammenstoß verhindern. Der Fahrer des Lieferwagens hupte ihnen wütend hinterher.

»Jesus Christ!«, stieß Helen hervor und Davis wischte sich den Schweiß von der Stirn.

»Sorry, aber du wolltest, dass ich einen Zahn zulege!«

»Ich habe dich gebeten, ein bisschen Gas zu geben, aber nicht, uns umzubringen! Tot nützen wir niemandem etwas.«

»Glaubst du tatsächlich, dass die beiden Models in Gefahr sind?«

»Sie sind die Einzigen, an die unser Täter im Augenblick herankommt.«

»Und du meinst, er wagt es während eines Fotoshootings?«, fragte Davis.

Helen zuckte mit den Schultern. »Mit Speck fängt man Mäuse«, entgegnete sie. Ihre Worte hingen einen Moment lang zwischen ihnen in der Luft.

»Verdammt!«, fluchte Davis leise und trat das Gaspedal durch.

»Die haben uns verarscht!«, verkündete Vivian Lemoire, vierfaches Vogue-Cover-Girl, und zündete sich eine weitere Zigarette an. Die Antwort ihrer Freundin und Kollegin Lauren Gramney wurde vom Lärm der vorbei donnernden Linie 6 verschluckt.

Obwohl die U-Bahnstation schon seit Jahrzehnten nicht mehr genutzt wurde, sondern nur noch als Wendeschleife für die Linie 6 in Richtung Bronx diente, war sie als Location für Shootings sehr beliebt. Deshalb hatten sich Vivian und Lauren nichts weiter gedacht, als sie von der Agentur für gemeinsame Aufnahmen hierher geschickt worden waren. Der Name des Mode-Labels und Gerry, der Fotograf, waren bekannt und versprachen nicht nur Prestige, sondern vor allem Kohle! Für so zwei alte Vogelscheuchen wie Lauren und sie waren die Zeiten schließlich auch nicht besser geworden.

Sie waren jetzt beide Mitte Dreißig und das bedeutete in ihrem Geschäft, zumindest, wenn man nicht Tatjana oder Eva hieß, dass man nehmen musste, was zu kriegen war.

Wenn die Jobs seltener wurden, man aber nicht bereit war, den gehobenen Lebensstandard aufzugeben, musste man eben Ausschau nach Alternativen halten.

*Diamonds are the girls best friends.* Die olle Schachtel Marilyn Monroe hatte schon recht gehabt.

Gott, ich brauchte diesen Job, dachte Vivian, ich will mich wieder einmal wichtig fühlen – als Model und nicht nur als überbezahlte Hure.

Vor einiger Zeit begann sie als ›Begleiterin‹ zu arbeiten. Ihr erster Kunde war der Vorstandsvorsitzende eines großen Fleischverarbeitungskonzerns aus Detroit und wog fast zweihundert Kilo. Als sie sich vor ihm ausgezogen hatte, rief er den Zimmerservice an, bestellte ein blutiges Steak und befahl ihr, dieses vor dem Sex vor seinen Augen zu verspeisen.

»Du hast ja nichts auf den Rippen, Mädchen! Ich breche dich ja entzwei!«, sagte er und sah ihr zu, wie sie widerwillig das Fleisch hinunterwürgte.

Während er irgendwann mal endlich in sie eingedrungen war, hatte sie sich mit dem vollen Bauch fast übergeben. Doch sie hielt durch und erbrach erst, als er eingeschlafen war. Sie tat es ganz leise. Sie war geübt darin.

Sie hatte Bulimie, seit sie zwölf war.

Der Dicke aus Detroit musste jedenfalls zufrieden mit ihr gewesen sein. Seither fickte er sie einmal pro Jahr und Vivian war danach immer um ein paar Tausender reicher. Zu Weihnachten schickte er ihr jeweils eine große Packung frischer Rindersteaks. Sie fütterte ihre Katze damit.

Letztes Jahr hatte Lauren sie dann schließlich überredet, sie auf ihrer ›Geschäftsreise‹ nach Dubai zu begleiten. Denn reiche und mächtige Männer waren überall gleich: Sie schmückten sich gerne mit schönen Frauen. Die Scheichs – wesentlich reicher und mächtiger als ihre üblichen Kunden – waren da keine Ausnahme.

Von ihnen ließ sich Vivian nicht so billig abspeisen. Pro Trip kassierte sie mindestens dreihunderttausend. Leider waren im Preis auch alle Extras inbegriffen. Einmal sogar ein Gang-Bang mit sechsundzwanzig ausgesuchten Gästen des Scheichs, darunter drei Filmstars, ein Rap-Musiker, zwei russische Minister und ein ehemaliger Bundesrichter.

Danach bekam sie monatelang bei jeder passenden und unpassenden Gelegenheit spontan einen Heulkrampf – sogar auf dem Laufsteg während einer Show in Japan, und zwar so heftig, dass der

Designer ihr hinter der Bühne mehrmals eine knallen musste, damit sie aufhörte.

Na ja, dafür konnte sie von ihrem Honorar monatelang in Koks baden.

Mist! Das K-Wort fiel ihr wieder ein. Nicht gut.

»Hast du was da?«, wandte sie sich Lauren zu.

Lauren seufzte und reichte ihr ein kleines Fläschchen mit Silberlöffel daran.

Nach dem Flash wirkte das Gewölbe der verlassenen City Hall Station gleich viel heller und freundlicher.

Die U-Bahnstation war noch immer von der Straße zugänglich. Als Lauren und Vivian bereits vor mehr als dreiviertel Stunden angekommen waren, fanden sie an der offenen, eisernen Absperrung einen Zettel. Man teilte ihnen mit, dass sich das Team etwas verspäten würde, der Fotograf aber jeden Moment kommen musste.

Zuerst wollten sie auf der Straße warten, doch dann fing es an zu regnen und so flüchteten sie doch in die Station. Dort brannte bereits Licht und auf der Zwischenebene stand der Koffer des Fotografen.

Soweit stimmte also alles – mindestens auf den ersten Blick.

Doch nun wurden sie langsam ungeduldig.

»Ich hau jetzt ab!«, sagte Vivian schließlich. Sie schulterte gerade ihre Birkenbag, eine der großzügigen Gaben aus dem Morgenland, als der Boden leise zu zittern begann. Anscheinend näherte sich der nächste Zug der Linie 6.

Vivian stakste auf ihren Manolos die Treppe zur Zwischenebene hinauf und kramte gleichzeitig in der Tasche nach dem Handy, um ihren unfähigen Agenten anzurufen und ihm gehörig die Meinung zu sagen. Sie stolperte fast und als sie fluchend hochsah, bemerkte sie eine Gestalt, die vor ihr auf dem Treppenabsatz auftragte.

»Gerry? Was fällt dir ein, uns so warten zu lassen?«, zeterte sie los. Auch wenn dieser Typ vielleicht nicht Gerry war, musste sie erst einmal Dampf ablassen. Entschuldigen konnte sie sich immer noch.

Sie brauchte auf niemanden mehr Rücksicht zu nehmen, schließlich hatte sie vier Vogue-Cover gehabt.

Außerdem verdiente es der Typ eh, angekeift zu werden! Egal, wer er war! Er hatte sie zu Tode erschreckt.

Der Fremde sagte nichts.

Er trug eine schwarze Öljacke mit Kapuze, Handschuhe und Gummistiefel. Unter der Kapuze ragte eine Schirmmütze hervor, von dessen Rand der Regen troff. Das Gesicht des Mannes konnte Vivian nicht erkennen. Doch das schrieb sie der Tatsache zu, dass sie gerade gekokst hatte und ihre Synapsen dementsprechend auf Zack waren.

Ganz klar, der Typ vor ihr war ein Bulle.

»Hey, Officer, gut, dass Sie da sind!«, plapperte sie los. »Irgendwie ist uns unser Team abhanden gekommen.«

Der Fremde sagte noch immer noch nichts.

Erst jetzt bemerkte sie den Koffer zu seinen Füßen, den sie zuvor fälschlicherweise für Gerrys Fotoausrüstung gehalten hatte.

Er war nun offen und Vivian erspähte darin allerlei chirurgische Werkzeuge, die sie von ihren zahlreichen Besuchen bei diversen Schönheitschirurgen her kannte.

Sie erkannte auch den Gegenstand, den der Fremde jetzt in aller Ruhe aus dem Koffer holte.

Allerdings hatte dieser nichts mit Chirurgie zu tun.

Es war ein Schlachtermesser.

Ihr Dicker aus Detroit pflegte ihr nach dem Sex immer in allen Einzelheiten zu erzählen, wie er damals in den Schlachthöfen angefangen hatte und wie geschickt er mit einem solchen Messer die Rinder gehäutet hatte.

Genau so eines hielt der Fremde in der Hand.

Vivian öffnete den Mund und wollte schreien, doch sie bekam keinen Ton heraus. Gleichzeitig öffnete sich im Gesicht des Fremden ein Schlitz.

Nein. Kein Schlitz!

Oh mein Gott, das ist sein Mund, blitzte es ihr durch den Kopf.

Plötzlich wurde ihr klar, warum sie das Gesicht des Mannes nicht erkennen konnte: Es war nicht wegen der Mütze, die er so tief in die Stirn gezogen trug. Es war, weil er gar kein Gesicht hatte.

Der Polizist ohne Gesicht lächelte.

Sie erkannte es daran, dass im Schlitz einige Zähne zum Vorschein kamen. Blendend weiße Zähne.

Der Polizist hob die Hand zum Mund und tat etwas, was Vivian so verblüffte, dass sie ganz vergaß, zu schreien.

Er stieß ein leises »Shhh« aus und kam dann langsam die Treppe herunter.

Spätestens jetzt hätte sie sich umdrehen und weglaufen müssen. Stattdessen hörte sie sich nur flüstern: »Bitte, tun Sie mir nichts. Tun Sie mir nicht weh.«

Das Monster blieb stehen und neigte den Kopf zur Seite, als dächte es wirklich darüber nach.

»In Ordnung«, sagte es nach einer Weile mit einer angenehmen und sanften Stimme. »Zieh dich aus.«

»Was?«, fragte Vivian dümmlich.

»Ich tue dir nicht weh. Aber du musst dich ausziehen.«

Vivian dachte kurz nach.

»Okay«, sagte sie schließlich und zog sich aus.

Ihre Kleider ließ sie zu Boden fallen.

Das Monster holte einen Plastiksack aus dem Koffer und warf ihn Vivian zu.

»Was soll ich damit?«

»Pack deine Sachen da hinein.«

»Warum?«

»Weil ich dich darum bitte!«

»Du ... du hast es versprochen.«

»Keine Sorge.«

Plötzlich kam Lauren die Treppe herauf.

»Hey, Viv, ist das endlich der Foto…« Als sie die nackte Vivian und den Fremden erblickte, schrie sie auf.

Was dann geschah, ging so schnell, dass Vivian es nur verschwommen wahrnahm: Der Polizist griff erneut in den Koffer und schleuderte ein Wurfmesser auf Lauren. Es traf sie mitten in den Bauch. Mit einem Schrei brach sie zusammen, sackte auf die Knie und fiel rücklings die Treppe hinunter. Auch ihr Röcheln hörte augenblicklich auf, sodass Vivian an das Stummschalten eines Fernsehers denken musste.

»Lauren! Oh Gott, nein! Lauren!«, kreischte Vivian.

Das Monster packte sie an den Armen. »Vivian, sieh mich an… Sieh mich an, Vivian. Shhh…«

Vivian sah in das nicht vorhandene Gesicht des Mannes und langsam verebbte ihr Schreien zu einem Wimmern.

Ihr Magen zog sich zusammen, jeden Augenblick würde sie kotzen müssen. Doch sie hatte noch nichts gegessen und so würgte sie nur Speichel hervor.

»Vivian, ich habe es dir versprochen. Ich werde dir nicht wehtun. Ich hätte auch Lauren nicht wehgetan. Aber sie hat mich überrascht, verstehst du?«

Vivian sagte nichts. Sie wimmerte nur.

»Verstehst du, Vivian?«

Sie nickte.

»So ists brav. Du musst schon ein bisschen mit mir zusammenarbeiten, Vivian. Dann ist es auch gleich vorbei.«

»Du hast gesagt, du wirst mir nicht wehtun.«

»Das werde ich auch nicht, Vivian.«

Sie beruhigte sich ein wenig. Besorgt spähte sie zu Lauren. Sie konnte ihr Bein sehen. Es zuckte im Todeskampf und der Schuh, der bis jetzt am großen Zeh baumelte, fiel nun die Treppe hinunter.

Vivian sah weg, schloss die Augen und wartete darauf, zu sterben.

Dicht an ihrem Ohr vernahm sie die Stimme des Polizisten. »Alles in Ordnung, Vivian. Shhh… Alles in Ordnung. Ich kümmere mich gleich um sie. Versprochen«, sagte er sanft, nahm ihre Hand und legte etwas hinein.

Vivian spürte kaltes Metall und öffnete die Augen. Es war das Schlachtermesser.

»Was... soll ich damit?«, stammelte sie.

»Ich versprach, dir nicht wehzutun, Vivian. Erinnerst du dich?«, erklärte der Polizist, während er Lauren die Kleider vom Leib schnitt und sie in die Plastiktüte stopfte. »Ich habe es dir versprochen und ich halte mein Wort.« Wieder erschien der Schlitz mit Zähnen. »Deshalb wirst du es selbst tun müssen...«

Helen und Davis näherten sich mit gezogenen Waffen dem Eingang der City Hall Station. Regen prasselte auf sie nieder und floss ins Dunkel, die Stufen des Eingangs hinab, der weit offen stand.

Sie verständigten sich mit einem kurzen Blick, dann trat Helen als Erste hinein. Am Fuß der Treppe blieb sie stehen und wartete, bis Davis sie einholte. Kaum stand er neben ihr, als das Licht ihrer Maglite-Taschenlampe plötzlich schwächer wurde und schließlich ganz erstarb.

»Mist!«, fluchte Helen.

Davis nahm ihr die Lampe aus der Hand und reichte ihr seine. »Ich habe noch eine im Wagen! Warte hier!«

Helen nickte.

Davis musterte sie. »Rühr dich nicht von der Stelle. Bin gleich wieder da.«

»Okay! Okay!«, zischte sie. Sie war immer noch wütend auf sich selbst. Wieso hatte sie bloß die Lampe nicht vorher überprüft? Hinter sich hörte sie Davis die Treppen hinaufsteigen. Sie wandte sich nach ihm um, sah jedoch nur noch, wie er am Eingang vom Dunst des Regens verschluckt wurde.

Nun war sie allein. Allein im Dunkel.

Sie fragte sich, wie lange er wohl brauchen würde, bis er zurückkam. Zwei Minuten? Drei?

Schon kroch Panik in ihr hoch.

*Nein! Nicht jetzt! Nicht hier!*

Es war zu spät. Sie begann am ganzen Körper zu zittern.

Oh Gott, dachte sie, es ist wie damals.

*Nein, ist es nicht!*

*Oh, doch, das ist es! Es ist genauso wie vor sechs Jahren. Eng, dunkel und stickig.*

Sie presste sich an die Wand. Ihre Kehle war wie zugeschnürt, das Atmen fiel ihr schwer. Ihr wurde schwindlig.

*Du kriegst keine Luft. Du wirst hier sterben. Einfach so, vor Angst...*

Sie nahm alle ihre Kräfte zusammen und schlug mit dem Kopf gegen die gekachelte Wand, so heftig, dass sie für einen Bruchteil der Sekunde Sterne vor den Augen tanzen sah. Der Schmerz, der sie erfasste, bewahrte sie davor, sich der Angst hinzugeben.

Mühsam schöpfte sie Atem und zwang sich, in die Dunkelheit zu schauen.

Sie lauschte. Was war da? Sie hörte etwas.

Ein leises Stöhnen. Hier, irgendwo in ihrer Nähe.

Mit Waffe und Lampe zielte sie in Richtung des Geräuschs. An der Treppe, die zur Gleisebene führte, erfasste der schmale Lichtstrahl die blutverkrustete Hand einer Frau.

Helen erstarrte.

Verdammt! Wo blieb nur Davis?

Wieder ein Stöhnen.

Helen biss sich auf die Unterlippe. Was sollte sie tun?

*Was gibt es da zu überlegen, Helen? Gib auf! Gib sie einfach auf! So wie du damals Mendez aufgegeben hast.*

*Rico... Sein Vorname war Rico. Scheiß auf die Angst! Scheiß auf Davis!*

»Scheiß drauf!«, wisperte sie und ging langsam auf die Frau zu.

Die Unbekannte war nackt und lag bäuchlings und blutüberströmt auf den Stufen.

Helen kniete sich neben sie und suchte an ihrem Hals nach dem Puls.

Nichts.

Die Frau war tot.

Offenbar hatte sie trotz ihrer schweren Verletzungen noch versucht, sich ins Freie zu schleppen. Eine blutige Kriechspur führte die Treppe hinab.

Helen ließ das Licht der Taschenlampe über die Leiche gleiten und schluckte leer.

Der Täter hatte der Frau große Stücke der Haut vom Körper gezogen. Und im Gegensatz zu der gehäuteten Mia Wong hatte er diese mitgenommen. Wohl als Trophäe.

Vorsichtig erhob sich Helen. Die Waffe im Anschlag, stieg sie langsam die Treppe hinunter und folgte dem blutigen Pfad der Frau bis zu seinem Anfang.

Dort lag, auf dem Rücken, in sich zusammengesunken, das zweite Opfer: ebenfalls eine junge Frau, ebenfalls nackt – und ebenfalls an einigen Stellen gehäutet. Ihr Bauch war aufgeschlitzt wie schon bei all den Opfern zuvor. Die Frau drückte beide Hände auf die Wunde. Zwischen ihren Fingern quollen aus der Bauchhöhle Innereien hervor.

Oh mein Gott! Sie versuchte sich die Gedärme wieder hineinzustopfen, blitzte es Helen durch den Kopf. Ihr drehte sich der Magen um.

Die Frau musste tot sein. Niemand überlebte so etwas. Doch woher kam dann das Stöhnen?

Helen ging in die Hocke, legte das Ohr auf den Mund der vermeintlich Toten und vernahm wieder dieses leise Wimmern. Der Puls der Frau war kaum noch fühlbar. Sie würde es nicht schaffen.

»Wer war das?«, fragte Helen die Sterbende. »Wer hat Ihnen das angetan?«

»Lauf…«, röchelte die Frau. Ihr Gesicht war bis zur Unkenntlichkeit zerschnitten. Wie Smaragde leuchteten ihre unversehrten grünen Augen darin.

»Was?« Helen konnte sie nicht verstehen.

»Lauf...«, stieß die Frau hervor.

Erst jetzt begriff Helen: Die Unbekannte wollte sie warnen! Hastig sprang Helen auf, doch bevor sie auch nur einen Schritt tun konnte, packten sie zwei kräftige Hände und stießen sie grob nach vorne. Sie taumelte, fiel hin, neben die Sterbende, und schlug mit dem Kopf auf dem Boden auf. Und auf einmal wurde ihr klar: Das ist eine Falle. Er hat die Frau absichtlich leben lassen, um mich genau dorthin zu kriegen, wo er mich haben wollte.

Verzweifelt versuchte sie, sich auf den Rücken zu drehen oder wenigstens die Hand mit der Waffe unter dem Körper zu befreien. Doch bevor sie es schaffen konnte, verspürte sie einen Schmerz. Mit einem Schnitt in ihren Arm vereitelte der Unbekannte ihr Vorhaben. Helen schrie auf und ließ die Waffe fallen. Gleichzeitig kniete der Mann auf ihr Kreuz, bog ihr die Arme nach hinten, fesselte sie mit ihren eigenen Handschellen und riss ihr den Kopf an den Haaren hoch.

Nun schneidet er mir die Kehle durch!, dachte sie und eine seltsame Ruhe breitete sich plötzlich in ihr aus.

Sie lag neben der sterbenden Frau mit den grünen Augen. Sie hörte ihr Röcheln und spürte ihren Blick.

Vivian. Ihr Name ist Vivian Lemoire, fiel Helen ein. Ich sollte den Namen der Frau wissen, neben der ich sterben werde.

Und dann, vollkommen unerwartet, hörte sie einen Schuss.

Davis kramte im Handschuhfach des Wagens nach den Batterien. Irgendwo musste noch eine verdammte Packung da sein! Ganz hinten in der Ecke wurde er schließlich fündig.

»Gotcha!« Triumphierend hielt er die Batterien in der Hand.

Er erreichte gerade wieder die Treppen, als er einen Knall vernahm.

Verdammt, Helen! Du solltest doch warten!, dachte er und sprang die Stufen hinunter.

Zuerst war sich Helen gar nicht sicher, ob es wirklich ein Schuss war. Erst als sie zu Vivian blickte, wurde ihr klar, was geschah. Irgendwie hatte Vivian es geschafft, Helens Waffe aufzuheben. Nun hielt sie die Pistole in der Hand und zielte in Richtung des Killers. Mit letzter Kraft drückte sie den Abzug, dann noch einmal. Doch die Schüsse verfehlten ihr Ziel.

»Stirbhh!«, röchelte sie schluchzend und ließ die Hand kraftlos sinken. Der Killer wandte sich ihr zu und machtlos musste Helen zusehen, wie er ihr das Schlachtermesser in die Brust rammte.

Vivian sackte in sich zusammen, ihr Blick wurde starr, brach.

Helen wollte schreien, doch sie bekam keinen Laut heraus. Ihre Kehle blieb stumm, ihre Gedanken überschlugen sich. Sie musste aufstehen, um jeden Preis! Oder sich mindestens auf den Rücken drehen! Nur so würde sie sich gegen diesen Wahnsinnigen wehren können. Mindestens einige Sekunden, mindestens so lange bis Davis endlich zurückkam! Um seine grausame Tat ausführen zu können, musste der Unbekannte sein Gewicht verlagern. Nun drückte er ihr nur ein Knie in den Rücken. Helen atmete tief ein. Wie im Traum stemmte sie sich mit einem Ruck auf die Knie und rollte sich mit aller Kraft auf die Seite. Nur flüchtig bemerkte sie seinen ungläubigen Blick, dann trat sie ihm blitzschnell zwischen die Beine. Er stieß einen überraschten Schrei aus, verlor das Gleichgewicht und fiel um. Erneut holte sie aus und trat ihm gegen die Brust. Er stöhnte vor Schmerz auf, während Helen auf den Ellenbogen zurückrobbte, nach der Waffe tastend, die Vivian entglitten war. Endlich bekam sie sie zu fassen und schaffte es, sich auf den Hüften abzustützen, die Arme trotz den Fesseln zur Seite zu drehen und den Abzug zu betätigen.

Doch nur ein dumpfes Klicken ertönte.

Ladehemmung!

Scheiße!, dachte sie und rang nach Luft.

Der Killer hatte sich inzwischen wieder aufgerappelt und holte mit dem Messer aus. Mit aufgerissenen Augen starrte Helen die Klinge an, die immer näher kam – und plötzlich, mitten in der Bewegung, explodierte. Helen und der Killer fuhren herum.

Davis!, blitzte es Helen durch den Kopf. Gleichzeitig vernahm sie seine Stimme.

»Keine Bewegung!«, rief er. »Keine Bewegung!«

Der Killer schien Davis' Befehl zu befolgen. Bewegungslos stand er mit gesenktem Kopf da, das Messer noch immer in der Hand, und glich auf einmal einer Statue.

Der Boden unter Helens Füßen begann zu zittern. Erst glaubte sie, dass es am Schock lag, doch dann wurden sie alle drei plötzlich in gleißendes Licht getaucht.

»Der Zug!«, schrie Helen Davis zu, doch ihr Ruf ging im Kreischen der Linie 6 unter.

Mit der Geschmeidigkeit eines Balletttänzers drehte sich der Killer auf dem Absatz um, sprang auf die Trittstufe des letzten Wagons und klammerte sich an den Türgriff.

»Schieß!«, brüllte Helen Davis an, obwohl sie wusste, dass er sie nicht hören konnte. Davis zielte und schoss. Seine Kugel traf den Mann am Arm. Helen sah, wie er zuckte, ohne loszulassen, dann zog er sich in den Wagon hinein. Durch das Fenster blickte er zurück und obwohl der Zug sich immer schneller entfernte, war Helen überzeugt, dass der Killer ihr direkt in die Augen sah. Sie glaubte sogar, ein Grinsen auf seinem Gesicht bemerkt zu haben.

Dann war Davis bei ihr.

»Verdammt, was ist geschehen?«, fragte er, als er sie von den Handschellen befreite.

Helen schlang schweigend die Arme um ihn.

Er hielt sie verlegen fest. »Du blutest mich voll«, sagte er schließlich, um irgendetwas zu sagen, und brachte sie damit zum Lachen.

In diesem Moment liebte sie ihn, so wie ein traumatisierter, neurotischer Single einen verheirateten Kollegen mit zwei Kindern, der einem gerade das Leben gerettet hatte, nur lieben konnte.

Sie sah ihn an. »Du hast ihn erwischt«, sagte sie.

»Sieht so aus«, entgegnete er knapp und steckte seine Waffe ins Halfter.

Erst Stunden später schloss Helen die Tür ihres Apartments hinter sich. Sie legte die Kette vor und rutschte, an die Wand gelehnt, auf den Boden.

»Was für ein Scheißtag!«, sagte sie in die Stille ihres Zuhauses.

Dann kamen die Tränen, hemmungslos. Die ganze Zeit hatte Helen sie zurückhalten können. Jetzt nicht mehr. Alle Dämme brachen und überschwemmten ihre Angst und den ganzen Horror des Tages mit salziger Flut.

Danach fühlte sie sich ein wenig besser. Sie zwang sich, aufzustehen und bemerkte erst jetzt, dass sie auf ihrer Post saß. Sie zog die Briefumschläge unter sich hervor, die garantiert nur Rechnungen enthielten. Und einen Werbeflyer für ein äthiopisches Restaurant. Und eine Zeitung.

»Ach, verdammt, Barney«, sagte sie laut und war froh, ihre eigene Stimme zu hören.

Barney, der Hauswirt, ließ es sich nicht nehmen, den Mietern die Zeitungen durch den Briefschlitz zu werfen. Leider nahm es Barney mit seinen fast achtzig Jahren nicht mehr so genau. Helen würde nie den *National Inquisitor* oder ein ähnliches Käseblättchen abonnieren. Sie überlegte gerade, ob vielleicht Mister Harris von 308 der eigentliche Leser der Zeitung war und sie ihm seine Lektüre vor die Tür legen sollte, als ihr Blick auf die Schlagzeile fiel.

*»Da waren es nur noch Vier! Drittes Topmodel brutal ermordet!«*

Hastig überflog Helen den Bericht, der von einem gewissen Douglas Melvin verfasst worden war.

Wieso brachte dieser Typ den Tod von Anuradha Apala mit den Morden an den anderen beiden Models in Verbindung? Helen hatte über die ganze Sache nur mit Davis gesprochen. Melvin musste mehr wissen als sie beide.

Das war die einzige logische Erklärung. Und statt seine Informationen mit der Polizei zu teilen, wie es ein anständiger Journalist tun würde, hatte der saubere Mister Melvin die Geschichte gleich auf die Titelseite gebracht.

»Was für ein Arschloch!«, knurrte Helen.

Ein Miauen ertönte aus der Küche.

Columbus, ihr kleiner grauer Kater, erkundigte sich damit nach ihrem Befinden.

»Hey, Bus!« Helen streichelte ihn zur Begrüßung über den Rücken. »Frauchen hat eine Scheißwut im Bauch.«

Der Kater sah sie fragend an, kam näher, ließ sich auf den Boden fallen und begann laut zu schnurren.

Helen verstand es als eine Aufforderung zum Erzählen. »Also, Frauchen hatte einen Scheißtag, weißt du. Und wenn Frauchen heute nicht schon beinahe umgebracht worden wäre, würde sie jetzt wieder Downtown fahren und dem sauberen Mister Melvin seinen schmierigen Arsch aufreißen.«

Der Kater miaute wieder und Helen nickte ihm langsam zu. »Du hast ja recht. Jetzt mache ich dir erst einmal eine Dose auf und dann nehme ich ein langes, langes heißes Bad.«

Dies schien für den Kater akzeptabel zu sein, denn er erhob sich und schlenderte schon mal voraus zu seinem Napf.

# Darüber

Schweiß drang aus den Poren ihrer neuen Haut.

Das ist mein Schweiß, meine Haut. Das bin ich, dachte sie.

Sie konnte es immer noch nicht glauben.

Sie war doch gestorben.

»Und doch bin ich hier«, flüsterte sie. Diese Feststellung durchdrang den Raum und wurde dann von der wabernden Schwüle verschluckt.

Katherine seufzte, stand auf und trat aus der Hitze der Sauna.

Der frühere Besitzer des Anwesens hatte die Sauna in das obere Stockwerk des kleinen Bootshauses einbauen lassen. Eine schmale Stiege führte hinab zu einem Absatz, von dort eine weitere in das geräumige Dock, wo es nach Holz und Meer roch. Das Dock war leer. Richard wollte immer ein kleines Boot kaufen und Danny und ihr das Segeln beibringen. Doch sein Tod zerschlug all diese Träume, machte sie zu Makulatur.

Nackt wie sie war, sprang sie ins kalte Nass. Für einen Moment verschlug es ihr den Atem. Sie glitt einige Züge unter Wasser dahin und tauchte dann wieder im Freien auf. Der Morgennebel zog sich langsam zurück, das Wasser war glatt und ruhig. Sie drehte sich auf den Rücken und ließ sich treiben. Die Kälte des Wassers umfing sie mit zornigen Stichen. Sie ließ den Schmerz an sich heran, nahm ihn auf, genoss ihn in vollen Zügen. Sie hob einen Arm und betrachtete wieder die Hülle, die ihn so makellos umschloss.

Das bin ich, dachte sie wieder. Das ist meine Haut.

Hier draußen, im Wasser, allein mit dem Schmerz, klang es weniger nach einer Lüge.

»Kathy!«, rief plötzlich eine Stimme.

Katherine erschrak und hielt inne. Sie drehte den Kopf in Richtung des Rufes und erkannte ihren Vater. Er stand an der Schwelle des Steges, der zum Bootshaus führte. Sie winkte kurz, was er fälschlicherweise als Einladung deutete, näher zu kommen. Voller Energie stolzierte er über die hölzernen Bohlen.
Daddy, dachte sie. Ein in die Jahre gekommener Pfau.

Katherine schwamm zur Stegleiter, stieg aus dem Wasser, hüllte sich rasch in ihren Bademantel und lief ihm entgegen. Sie wollte ihn nicht hier haben.

Das Bootshaus war ein schöner, friedlicher Ort. Es erinnerte sie ein wenig an ihr Geburtshaus in Virginia. Dort war sie glücklich gewesen, bis sich ihre Eltern scheiden ließen – nein, bis ihr Vater sich scheiden ließ und wieder heiratete.

Ihre ›neue Mutter‹ und sie hassten sich in gegenseitigem Einverständnis. Dann wurde Katherine in einem Café in Virginia Beach von einer Modeagentin angesprochen. Die Frau fragte, ob sie mal als Model arbeiten wolle.

Katherine war zwölf.

»Warum nicht?«, entgegnete sie. Sie wollte von zu Hause weg. Weg von *ihm*.

Das war der Beginn ihrer Reise mit dem Schmerz. Nach dessen Ende und nach dem Wunder, ein gesundes Kind zur Welt gebracht zu haben, hatten Richard und sie dieses Anwesen entdeckt. Als der Immobilienmakler ihnen das Bootshaus zeigte, wusste Katherine sofort, dass sie endlich wieder ein richtiges Zuhause gefunden hatte.

Nein, sie wollte ihren Vater nicht hier haben.

Nicht im Bootshaus, nicht auf dem Anwesen, nicht in St. Michaels, nicht *hier*, mitten in ihrem zweiten Leben.

Auch wenn sie dieses zweite Leben im Grunde genommen ihm zu verdanken hatte…

Sie standen sich gegenüber.

Katherine zog den Bademantel enger um sich und wrang ihr Haar aus.

Ihr Vater strahlte sie an. »Du siehst gut aus, Prinzessin.«

Sie rang sich zu einem schwachen Lächeln durch. »Du auch, Dad.«

Er streckte ihr seine Wange entgegen und erwartete den üblichen Kuss.

Stattdessen drückte sie ihm kurz die Hand.

Verwirrt sah er sie an. »Was ist?«, fragte er.

»Was machst du hier?«, fragte sie zurück und schüttelte das Haar.

Ein paar Spritzer landeten auf den Schuhspitzen ihres Vaters und er trat einen Schritt zurück. Wieder erschien dieser verständnislose Ausdruck auf seinem Gesicht, der nur eins zu bedeuten hatte: Wo zum Teufel ist mein kleines, artiges, folgsames Mädchen von früher geblieben?

Ich könnte es dir ja sagen, *Daddy-O*, dachte sie grimmig. Doch die Antwort würde dir nicht gefallen. Nein! Ganz und gar nicht! Zuviel Sex, zuviel Drogen...

Der Blick ihres Vaters fiel auf ihren Bademantel. »Sorgst du dich nicht um die Paparazzi, wenn du... wenn du so schwimmen gehst?«

Katherine zuckte mit den Achseln. »Wie Vivian immer sagt, Paparazzi sind wie Terroristen. Gibt man ihnen nach, haben sie gewonnen.«

»Sagte«, verbesserte sie ihr Vater, »nicht ›sagt‹. ›Sagte‹.«

»Wie meinst du das?« Katherine sah ihn verdutzt an.

»Soll das heißen, du hast es noch nicht gehört?«

»Was gehört?«

Ihr Vater blickte hinaus aufs Wasser und schwieg.

»Was gehört?«, fragte Katherine erneut, diesmal fast schreiend.

Ihr Vater berichtete. In kurzen, klaren Sätzen, anscheinend völlig teilnahmslos. Katherine hörte ihm schweigend zu. Als er beendete, wandte sie sich ab und ging ins Haus. Er folgte ihr. Wie im Traum brühte sie den Tee auf und reichte ihm eine Tasse.

Er pustete, trank und verzog das Gesicht. »Du machst den Tee genauso gut wie deine Mutter«, log er.

Sie starrte aus dem Küchenfenster zum Bootshaus hinüber. »Lass uns nicht über Mum reden«, sagte sie

»Worüber willst du dann reden? Über Vivian vielleicht?«

»Nein!« Sie schluchzte leer. »Dad, bitte...«

Er warf ihr einen prüfenden Blick zu und verstummte. Die Stille, die plötzlich den Raum erfüllte, erinnerte sie daran, dass es in diesem Haus für immer still sein würde. Kein Gemurmel mehr aus Richards Büro, kein Gekreische von Danny, der mit seinen Freunden draußen herumtobte, keine überdrehten Anrufe mehr von Vivian.

»Ich möchte, dass du mit mir nach Washington kommst«, sagte ihr Vater plötzlich und unterbrach damit nicht nur das bedrückende Schweigen zwischen ihnen, sondern auch ihre Gedanken, die gerade dabei waren, sich auf einen selbstzerstörerischen Pfad zu begeben.

Sie war ihm dankbar dafür, trotzdem seufzte sie: »Dad, was soll ich da? Ich lebe jetzt hier.«

Er stellte die Tasse auf den Couchtisch. Sie bemerkte, dass er an dem Tee nur genippt hatte.

»Und was für ein Leben soll das deiner Meinung nach sein?«

»Mein Leben, Dad.«

Ihre Antwort schien ihn nicht zu überzeugen.

»Ich mache mir Sorgen, Katherine. Kannst du das nicht verstehen?«

Nein, eigentlich konnte sie sich nicht vorstellen, dass er sich um sie sorgte. Er hatte es früher nicht getan – und er würde es auch jetzt nicht tun. Er hatte sich schon längst daran gewöhnt, Dinge so zu tun, wie er sie nun mal tat. Sie versuchte das Thema zu wechseln und sagte einfach das, was ihr in den Sinn kam: »Ich habe neulich Andy getroffen.« Während sie den Satz aussprach, führte sie die Tasse zum Mund und versteckte das Gesicht dahinter.

»Andy? *Den* Andy? Andy Peterson?«

»Genau den, Dad.«

Der Senator lachte leise. »Aha! *Das* ist es also!«

Der Spott in seiner Stimme machte sie wütend. »Nein, Dad, das ist es nicht!«

»Bitte, hör auf mich, Kind! Du bist hier nicht sicher!« Jetzt nahm seine Stimme den ihr so vertrauten, bestimmenden Ton an, der keine Widerrede duldete.

Doch sie war nicht bereit, klein beizugeben. »Ich habe genug Leute zu meinem Schutz hier! Henry, der Stallmeister, die beiden Gärtner...«

*Und Andy.*

Sie wollte seinen Namen noch hinzufügen, doch in diesem einen Punkt hatte er recht – und sie hasste es, wenn ihr Vater recht hatte! Obwohl sie eigentlich gar nicht mehr daran glaubte, Andy je wieder für sich zu gewinnen, blieb sie seinetwegen in St. Michaels.

Aber wenn ich sicher bin, dass er nie mehr zu mir zurückkehrt, was mache ich dann eigentlich noch hier?, fragte sie sich. Warum gehe ich nicht mit Daddy-O nach Washington?

Nein. Sie bestimmte selbst über ihr Leben. Nicht ihr Vater. Das war bereits ein Grund. Ein Grund, der genügte.

»Der Punkt ist, Dad... Ich will nicht zu dir nach Washington.«

Endlich! Jetzt war es raus!

Zu ihrer Überraschung nahm er ihre Worte völlig ruhig auf.

»Das kann ich verstehen...« Er räusperte sich. »Nur zu gut kann ich das verstehen. Ich war deiner Mutter nie ein guter Mann. Und dir auch kein besonders guter Vater. Dennoch, ich bitte dich, mir trotzdem zu vertrauen und nach Washington zu kommen.«

»Und warum?«, fragte sie.

»Herrgott, Kathy! In Washington kann ich dich beschützen!«

»Wovor willst du mich denn beschützen, Dad? Etwa vor diesem Verrückten? Wieso glaubst du, dass ich vor ihm in Washington sicherer wäre als hier?«

Er antwortete nicht. Er öffnete zwar den Mund, doch er sagte dann nichts. Stattdessen stand er auf, holte seinen Mantel vom Kleiderständer und ging zur Tür.

»Du bist genauso störrisch wie deine Mutter«, bemerkte er trocken. Es klang traurig und resignierend und irgendwie echter als all die unzähligen Floskeln, die er sonst benutzte.

»Dad«, begann sie und folgte ihm zur Tür. »Dad, ich möchte doch nur…«

»Schon gut, Katherine. Du hast recht. Du führst dein eigenes Leben. Das hast du ja immer schon getan.«

»Dad, bitte!«

»Pass auf dich auf!«, sagte er zum Abschied.

Sie blieb an der Schwelle stehen, blickte ihm nach, sah wie der Chauffeur ihm die Wagentür öffnete und fragte sich, was er ihr tatsächlich sagen wollte.

Was wolltest du mir sagen, Dad? Es muss wichtig gewesen sein, denn sonst hättest du nicht so viel deiner kostbaren Zeit an deine störrische Tochter verschwendet.

Ohne ihr zu antworten, brauste der Senator Williams in seinem Wagen davon.

»So ist das Nachrichtengeschäft nun mal! Ich weiß gar nicht, warum Sie hier so einen Wirbel veranstalten, Miss Louisiani!« Douglas Melvin ließ es sich nicht nehmen, sein Froschmaul zu einem Grinsen zu verziehen.

»Übrigens, gibt es mittlerweile jemand neuen in Ihrem Leben? Außer Ihrem Kater natürlich.«

Er grinste noch breiter.

Helen hatte große Mühe, nicht ihre Waffe zu ziehen und damit diesen Abscheu von einem Menschen aus dem Verhörzimmer zu prügeln.

Er ist es nicht wert, dachte sie und erwiderte stattdessen nur: »Detective. Detective Louisiani!«

»Häh?« Doug sah sie fragend an.

»*Sie* sprechen *mich* mit Detective an.«

»Oh… Ohhh!« Er nickte und erst jetzt schien er zu verstehen. »Allright, *Detective*.«

»Jetzt haben Sie es!« Helen lächelte eisig.

Doug deutete mit einem übertriebenen Kopfnicken auf ihre verbundene Rechte. »Wie ist das passiert, Detective? Vielleicht bei einem Zusammentreffen mit dem Killer?«

Helen gelang es, keine Miene zu verziehen.

Doug lächelte. »Natürlich.« Er senkte den Blick und faltete seine Hände wie zum Gebet. »Irgendwie habe ich doch das Gefühl, einen Nerv bei Ihnen getroffen zu haben. Ich meine ... immerhin sind Sie eine der wenigen überlebenden Polizeibeamten von 9/11. Und im Gegensatz zu einigen dieser wenigen haben Sie nie versucht, Kapital aus jener äußerst traumatischen Episode zu schlagen.« Jetzt sah Doug sie wieder an. »Warum eigentlich nicht?« fuhr er fort. »Liegt es vielleicht daran, dass Sie eine Affäre mit Ihrem verheirateten Kollegen hatten? Ich meine, die Witwe von Ricardo Mendez hat mir gegenüber diesen Verdacht geäußert. Ich würde für meine Leser gern Ihre Sicht der Geschichte ...«

Er schaffte es nicht, den Satz zu Ende zu sprechen. Mit einer schnellen Bewegung klatschte Helen den ersten der in durchsichtige Plastikbeutel eingepackten Briefe auf den Tisch und brachte ihn damit zum Schweigen.

»Inez Diega und Peter Moore!«, zischte sie und tippte mit ihrem Zeigefinger auf den Brief.

»Detective ...«

»Mia Wong und Victor Adams!« Der zweite Brief.

»Anuradha Apala!« Der dritte Brief landete auf dem Tisch.

Doug leckte sich nervös die Lippen.

»Und zu guter Letzt: Lauren Gramney und Vivian Lemoire. Fünf Frauen und zwei Männer. Alle brutal ermordet. Und wie wir aus Ihrem Käseblatt nun wissen, mit Ankündigung!«

Als Letztes knallte Helen die neueste Ausgabe des *Inquisitors* auf den Tisch.

Die Schlagzeile sprang förmlich aus der Zeitung: »*Catwalk-Killer tötet erneut! Exklusiv: Die geheime Botschaft der Bestie!*«

»Sie haben bewusst Informationen zurückgehalten, um ein paar Exemplare mehr zu verkaufen und dadurch unsere Ermittlungen erheblich behindert. Bevor ich Sie dafür einbuchte, würde ich gern Ihre Sicht der Geschichte dazu hören, Mister Melvin.«

»Haben Sie schon mal was von Pressefreiheit gehört?«, versuchte er, sich zu wehren.

Helen beugte sich mit mahlenden Kiefern langsam vor. Schließlich platzte es aus ihr heraus: »Ich scheiß auf Ihre Pressefreiheit!«

»Wow, Detective! Darf ich Sie zitieren?«, ertönte eine ihr unbekannte Stimme von der Tür.

Helen fuhr herum.

Ein schlanker Mann in einem teuren Anzug mit einer Aktentasche in der Hand trat in das Verhörzimmer.

»Harlan Jackson. Ich gebe Ihnen wohl lieber nicht die Hand«, sagte er und deutete auf Helens Verband. »Daher komme ich gleich zur Sache. Ich bin von der Rechtsabteilung des *National Inquisitors* und vertrete die Belange von Herrn Melvin. Die Show, die Sie hier abziehen, ist jetzt vorbei, Detective Louisiani. Mein Mandant wird keine weiteren Fragen mehr beantworten.«

»Natürlich«, murmelte Helen und lächelte gequält. Sie schwitzte und zitterte vor Wut.

Douglas Melvin stand langsam auf und grinste sie genussvoll an. »Vielleicht überlegen Sie es sich noch mal wegen der 9/11 Geschichte. Wie Sie wissen, bin ich immer an einer guten Story interessiert.« Er schulterte sein Jackett und schlenderte dem Anwalt hinterher.

Helen saß noch einen Moment reglos da, dann fegte sie mit einer wütenden Bewegung die Zeitung und die Briefe vom Tisch.

»Cazzo!«, kreischte sie. Sie war kurz davor, zu heulen.

»Oh-oh! Du fluchst auf Italienisch. So schlimm?«, fragte Davis, der gerade den Raum betrat.

Helen nickte. »Noch viel schlimmer!«

Jetzt konnte sich Davis das Grinsen nicht mehr verkneifen. »Ich glaube, ich kann dich aufmuntern.« Er holte hinter seinem Rücken einen Bogen hervor.

»Treffer bei der DNA des Täters?«, fragte Helen.

Er nickte.

»Jemand, den wir kennen?«

Er nickte wieder.

»Wer ist es?«

Wortlos legte Davis den Bogen auf den Tisch.

Helen betrachtete ihn erstaunt. »Das kommt aber nicht aus unserer Datenbank.«

»Genau. Dieses hier kommt aus der OPTN-Datenbank.«

Die OPTN-Datenbank erfasste alle Organspenden und Transplantationen im Land. Helen las den Namen auf dem Schriftstück und sah dann Davis verblüfft an.

»Das ist doch nicht möglich!«

Davis zuckte mit den Achseln. »DNA lügt nicht!«

Helen starrte erneut auf den Bogen. Dann stieß sie einen weiteren, deftigen Fluch auf Italienisch aus.

Eine knappe halbe Stunde später saß sie an ihrem Schreibtisch und telefonierte mit Decker, dem zuständigen Gerichtsmediziner. »Also, gut! Erklären Sie es mir noch einmal.« Mit der freien Hand massierte sie sich die Schläfe.

»Da gibt es nichts zu erklären, Detective. Die am Tatort gefundene DNA ist mit der aus der OPTN-Datenbank identisch. Zweifel ausgeschlossen.«

»Okay«, murmelte Helen. Natürlich war es nicht okay, denn das Ganze ergab keinen Sinn. »Was können Sie mir über diese tiefen Bauchwunden sagen?«, fragte sie.

»Nun, sie sind ungewöhnlich, meiner Meinung nach.«

»Inwiefern, Ihrer Meinung nach?« Sie und Davis mussten gleich Chief Philips über den Stand der Ermittlungen Bericht erstatten. Daher war ihre Laune nicht die beste. Doch der Gerichtsmediziner schien die Verstimmung, die in ihrer Stimme schwang, nicht wahrgenommen zu haben.

»Für gewöhnlich ändert ein Serientäter seine Vorgehensweise

nicht«, erklärte er. »Doch in diesem Fall waren die Torsoschnitte verschieden. Und das ist sehr ungewöhnlich! Bei dieser Lemoire war der Schnitt v-förmig, bei der anderen Frau l-förmig. Das haben Sie sicher auch bemerkt. Das *ist* ungewöhnlich.«

Lemoire v-förmig, Gramney l-förmig, kritzelte Helen in den Notizblock und noch bevor sie den letzten Buchstaben geschrieben hatte, hielt sie inne.

*Vivian Lemoire, Lauren Gramney.*

›V‹ für Vivian, ›L‹ für Lauren ... Augenblick mal.

»Hallo? Sind Sie noch dran?«, fragte Decker am anderen Ende der Leitung.

»Ja, ja! Selbstverständlich!« Helen fasste sich wieder. Hastig kramte sie die Akten hervor. »Die Schnitte bei den anderen Opfern sind ebenfalls unterschiedlich, oder?«

»Soweit ich mich erinnere, ja. Die Berichte müssten Sie bereits haben.«

»Ich sehe gerade nach ...« Nervös blätterte sie die Akten durch. »Diega ... vertikaler Schnitt. Wong ... Zick-Zack-Schnitt ... also in Form der Buchstaben I und M. Sie meinten doch ein ›M‹ mit ›Zick-Zack-Schnitt‹, oder?«

»Ja, durchaus. Der Schnitt sah wirklich wie ein ›M‹ aus.« Decker unterbrach sich kurz. »Wollen Sie auf das Gleiche hinaus wie ich, Detective?«

»Ich weiß noch nicht.« Helen zögerte. »Vielleicht ... Ist der Bericht aus Brooklyn schon da?«

»Sie meinen das indische Mädchen? Ja, den habe ich hier.«

»Ich war am Tatort und sah die Leiche. Die Bauchwunde ... Würden Sie sagen, sie gleicht einem ›A‹?«, fragte Helen.

Decker überlegte. »Hmm ...«, begann er langsam. »Der Schnitt bildete tatsächlich ein ›A‹. Glauben Sie, der Täter schnitzt Initialen in seine Opfer, wie ein verliebter Junge in die Rinde eines Baumes?«

»Scheint so«, sagte Helen und starrte die Fotos an. »Auf jeden Fall danke ich Ihnen, Decker.«

Chief Philips telefonierte gerade, als Helen und Davis sein Büro betraten.

»Ich verstehe, Miss Risk... Nein, das liegt auch nicht im Interesse unseres Departments...« Er blickte auf und bedeutete den beiden, sich zu setzen.

»Ja, sie sind gerade hier... Ich versichere Ihnen, Miss Risk... Gut! In Ordnung. Ich melde mich.«

Helen hatte ihren Vater nie kennengelernt, was nach Meinung ihrer Mutter aber auch nicht weiter tragisch war. Hätte sie die freie Wahl gehabt, wäre ihr Vater ein Mann vom Schlage Chief Philips gewesen.

Phil war der sanftmütigste und umgänglichste Mensch, den Helen je getroffen hatte. Umso überraschender war für sie seine Reaktion, als Philips nach dem Gespräch den Hörer wütend auf die Gabel knallte.

»Der alte John Risk war schon schlimm genug, aber sein sauberes Töchterchen geht mir noch gewaltiger auf die Eier.« Er bemerkte Helens überraschten Blick. »Sorry, Helen. Du weißt, wie ich das meine.«

Sie winkte ab. Wenn Phil Kraftausdrücke verwendete, gab es dafür einen triftigen Grund. »Kein Problem! Hab schon von der Risk gehört. Was wollte denn Frau Staatsanwältin von dir?«

Philips lehnte sich zurück und seufzte. »Deinen Kopf.«

»Oh!«, war alles, was Helen dazu einfiel. Sie überlegte, was die Staatsanwältin gegen sie aufgebracht haben könnte. Ihr fiel nichts ein. Es sei denn... »Scheiße, doch nicht wegen diesem Doug Melvin?«

Philips nickte grimmig. »Ganz genau. Der Anwalt vom *Inquisitor* macht der Staatsanwaltschaft deswegen die Hölle heiß. Zudem sitzt mir der Bürgermeister wegen der Aufklärung der Morde im Nacken. Zwei Modelagenturen haben schon gedroht, aus der Stadt zu ziehen, wenn der Catwalk-Killer nicht bis Ende des Monats gefasst wird.«

»Shit!«

»Kann man sagen! Ich war lange genug selbst da draußen, um zu wissen, dass jeder Fall seine eigene Dynamik besitzt. Aber ich brauche schnellstens Ergebnisse. Sonst kann ich bald nichts mehr für dich tun, Helen, und muss den Fall jemand anderem übergeben. Also, was habt ihr?«

Helen und Davis sahen sich, dann Philips an.

»Offenbar kennzeichnet der Täter seine Opfer. Der Bauchschnitt hat jeweils die Form des ersten Buchstabens ihres Vornamen.«

»Der schneidet ihnen den Bauch in Form einer Initiale auf?«, fragte Philips. »Wissen wir, warum?«

»Nein, wissen wir nicht.«

»Ist das alles? Was habt ihr noch?«

»Wir haben …«, begannen beide gleichzeitig und Helen endete mit »nichts«, während Davis sagte: »…da was.«

Philips sah sie verwundert an. »Kinder, was denn nun?«

»Wir haben eine Spur«, sagte Davis, obwohl Helen ihm durch ihren Blick bedeutete, zu schweigen.

»Spannt mich nicht auf die Folter! Was für eine Spur?«

Davis legte den Bogen mit der DNA Analyse auf den Tisch. Philips holte seine ungeliebte Brille aus einer Schreibtischschublade und las ihn durch. Dann musterte er sie über die Ränder der Brillengläser.

»Das sieht mir nach einem handfesten Indiz aus«, sagte er und fügte nach einer Weile hinzu: »Helen, du bist die einzige Absolventin der National Academy in diesem Raum.«

Phil spielte damit auf die National Academy der BSU, der Behavioral Science Unit des F.B.I. an. Dort erlernten ausgesuchte Ermittler die Grundlagen der Profilerstellung bei Serienverbrechen.

Helen hatte die Academy vor drei Jahren erfolgreich absolviert. Sie machte sich keine Illusionen, warum Phil damals gerade sie für den Studiengang vorgeschlagen hatte. Zwei Jahre, nachdem sie am

9/11 zusammen mit ihrem Partner am World Trade Center verschüttet wurde, war sie immer noch ein traumatisiertes Wrack gewesen. Ihr Besuch der Academy sollte eine Beschäftigungstherapie sein. Außerdem fiel sie so den Kollegen hier im Departement in Quantico nicht zur Last. Doch Helen hatte die ihr verordnete Auszeit genutzt und mehrere Serientäter hinter Gitter befördert. Dies brachte ihr nicht nur Chief Philips' Respekt ein, sondern auch den einiger höherer Stellen im Department.

»Also, Helen, was stört dich?«, unterbrach Philips ihre Gedanken.

»Alles. Das Profil passt nicht.«

»Woher willst du das denn wissen?«, brauste Davis auf.

»Ich weiß es! Ich habe mit dem Täter gekämpft. Das«, sie deutete auf den Bogen, »ist ein Irrtum.«

»Ein Irrtum? Was?«

Sie hatte Davis noch nie so erlebt. Sie wollte nicht mit ihm streiten. Schon gar nicht vor Philips.

»Ich weiß es einfach, Davis«, sagte sie.

Philips schüttelte langsam den Kopf und Helen wusste, dass sie verloren hatte.

»Tut mir leid, Helen. Ich gebe viel auf deine Eingebungen, dein Gefühl. Aber angesichts eines solch starken Indizes bleibt mir keine andere Wahl. Sollte die Risk Wind davon bekommen, dass wir das zurückhalten, rollt hier nicht nur mein Kopf.« Er bemerkte Helens Niedergeschlagenheit und fügte hinzu: »An meiner Stelle würdest du auch so handeln müssen, Helen.«

»Ja, natürlich, Chief.« Sie nickte schwach und stand hastig auf. Davis berührte ihren Arm, aber sie stieß ihn weg.

»Wo willst du hin?«, fragte er sie.

»Wohin schon! In den Fuhrpark! Müssen wir nicht eurer Meinung nach jemanden verhaften?« Dann stürmte sie aus dem Büro.

Davis seufzte, Philips lächelte verlegen und schüttelte erneut den Kopf. »Verscherz es dir nie mit einer Italienerin.«

»Sie wird schon drüber wegkommen«, sagte Davis mehr zu sich als zum Chief.

»Wenn Sie meinen. Ich an Ihrer Stelle würde ich mich jedoch beeilen, sonst fährt sie ohne Sie los.«

»Scheiße!«, rief Davis, sprang auf und lief ihr nach.

Sie wäre wirklich fast ohne Davis losgefahren.

Während ihrer Fahrt in Richtung Süden sprach Helen kein Wort. Sie machten eine kurze Pause und Davis übernahm das Steuer. Helen setzte sich auf den Beifahrersitz, sah aus dem Fenster und betrachtete die sich ausdünnende Stadt, bis sie schließlich ganz hinter ihnen lag.

Davis öffnete das Fenster einen Spalt und atmete übertrieben tief ein. »Ah, Landluft! Herrlich, nicht?«

»Fahr zur Hölle!«, flüsterte Helen und starrte weiter aus dem Fenster.

»Na, immerhin fluchst du schon wieder. Ein echter Fortschritt!«, brummte Davis.

Eine Weile fuhren sie wieder schweigend weiter, ließen sich vom Strom des Verkehrs treiben.

»Das hier ist reine Zeitverschwendung«, sagte Helen schließlich, kramte ihre Zigaretten hervor und steckte sich eine in den Mund.

Davis ließ eine Hand am Steuer und gab ihr mit der anderen Feuer, bevor sie nach dem Zigarettenzünder greifen konnte. Diese Geste glättete die ersten Wogen wieder und Davis hatte das Gefühl, besser zu schweigen, um den zerbrechlichen Frieden nicht wieder zu zerstören.

Helen blies Rauch aus. »Wir suchen einen sehr organisierten Täter«, sagte sie.

»Wie kommst du darauf?«

»Die Briefe. Er plant jeden Mord weit im Voraus. Er ist schätzungsweise zwischen fünfundzwanzig und fünfunddreißig Jahre alt. Er hat studiert. Vielleicht Psychologie, vielleicht Geisteswissenschaften. Er ist egozentrisch, kann rücksichtslos Menschen manipulieren, hat aber ein sehr einnehmendes Wesen. Wäre er Vertreter, könnte er Eskimos Kühlschränke verkaufen. Man muss sich das mal vorstellen: Er bringt seine Opfer dazu, den Großteil der Verstümmelungen selbst vorzunehmen!« Sie schnippte die Kippe aus dem Wagenfenster.

»Das ist verboten«, brummte Davis.

Helen ignorierte ihn. »Er kommt aus einfachen Verhältnissen«, fuhr sie fort. »Sein Vater oder ein Onkel oder eine andere wichtige Bezugsperson übten das Metzgerhandwerk aus.« Sie hielt inne und strich sich eine Haarsträhne hinter das Ohr. »Irgendetwas ist mit ihm passiert. Wahrscheinlich in seiner Kindheit. Irgendein traumatisches Ereignis. Dadurch wurde er auffällig. Vielleicht war er auch schon einmal inhaftiert worden. Ja … das wäre ein Ansatz … Doch dann ist noch etwas geschehen. Ein Unfall vielleicht.«

»Hmm«, machte Davis.

»Was ›hmm‹?«, fragte Helen und sah ihn an.

»Ein bisschen viele ›Vielleichts‹, wenn du mich fragst.«

»Aber ich habe recht!«, sagte Helen. »Das hier ist Zeitverschwendung!«

Davis schwieg. Es fing an zu regnen und er schaltete die Scheibenwischer ein. Das Geräusch machte Helen schläfrig. Sie war es leid, immer der Spielverderber zu sein. Sie war so müde. Ihr fielen die Augen zu.

»Wenn du …«, begann Davis. »Oh, entschuldige!«

»Schon gut«, murmelte sie. »Was wolltest du sagen?«

Davis zögerte, dann erwiderte er: »Wenn du recht hast, werden wir es erfahren.«

Helen schloss wieder die Augen. »Hast du Interpol wegen Ella Henson informiert?«, fragte sie.

»Alles erledigt.«

»Sie ist immer noch in Mailand?«

»Yep.«

Wieder schwiegen sie.

Die Augen noch immer geschlossen, bemerkte Helen: »Es geht mir nicht darum, recht zu haben. Das glaubst du mir doch, oder?«

»Sicher«, entgegnete Davis wenig überzeugend. Helen boxte ihm in den Arm.

»Au!«, rief er. »Wolltest du nicht ein wenig schlafen?«

»Mach ich doch«, sagte sie und grinste. »Ich bewege mich nur dabei.«

»Ah, so!«, antwortete er und lachte.

Damit war endgültig wieder alles gut zwischen ihnen.

# Dabei

Die *Galleria Vittorio Emmanuele II* war riesig. Sie umfasste eine Fläche so groß wie mehrere Fußballfelder und erinnerte in ihrem Jugendstil an eine Orangerie oder besser gesagt an eine Voliere. Eine vergoldete Voliere für schöne und seltene Vögel.

Seine Schulter schmerzte. Der Polizist hatte ihn tatsächlich erwischt. Es war nur ein Streifschuss, nicht der Rede wert. Dennoch, er musste zugeben, dass er einen Augenblick lang eine leichte Erschütterung seiner Welt bedeutet hatte, als das Adrenalin schwand und der Schmerz in sein Bewusstsein gedrungen war.

Er hatte eine Aufgabe zu erfüllen. Eine Mission. Sie war wichtig und bedeutsam. Aber war für diese Sache, diese heilige Sache wirklich jedes Mittel recht?

Er musste lächeln.

Natürlich war es das.

Er stand im Dunkel, in der Gasse zwischen zwei Boutiquen. Das Geräusch von Highheels auf italienischem Marmor drang an seine Ohren. Eine schlanke Gestalt, majestätisch wie ein Schwan, stolzierte an ihm vorbei. Sie würdigte ihn keines Blickes, als sie an ihm vorüber schritt.

Niemand tat das.

Er hatte gelernt, sein Innerstes zu verbergen. Ebenso wie dieser elegante Schwan. Ja, sie war ein Schwan. Außen rein, unschuldig und perfekt. Doch jeder wusste, dass das Fleisch eines Schwanes schwarz und faulig war.

Er hatte es gesehen.

So viele Male.

Und nun wurde es wieder Zeit, dem heiligen Pfad zu folgen.

Er beobachtete, wie Ella Henson vor dem Schaufenster einer Boutique stehen blieb, inne hielt und das Geschäft schließlich betrat.

Gott, ist sie schön, dachte er. Und genau deshalb muss sie sterben.

Er lächelte und folgte ihr in den Laden.

Nach dem Besuch ihres Vaters beschloss Katherine, endlich das Bootshaus neu zu streichen.

Sie fuhr in die Stadt, besorgte die notwendigen Utensilien, schlüpfte in Jeans und in ein altes Baumwollshirt von Rich und machte sich noch am gleichen Nachmittag an die Arbeit. Sie kam gut voran und als das glänzende, frische Weiß des Anstrichs durch das Licht der untergehenden Sonne zu glänzen begann, hatte sie fast die gesamte Stirnseite des Hauses geschafft. Für den First würde sie eine längere Leiter brauchen, als die, welche sie in den Stallungen gefunden hatte. Sie hielt einen Moment dort oben inne und genoss den Ausblick. Einige kleinere Boote kamen von der anderen Flussseite herüber. Es dauerte einen Augenblick, bis Katherine realisierte, dass sie direkt auf ihr Anwesen zusteuerten.

Sie nahm ein leises Wummern wahr, das sich schnell zu einem knatternden Crescendo steigerte. Eine Staffel von Hubschraubern flog ebenfalls auf sie zu. Das Ganze erinnerte sie an diesen Vietnamfilm, den Richard so geliebt hatte: *Apocalypse Now*.

Doch in diesen Hubschraubern saßen sicher keine blutdürstigen Soldaten, sondern eine Gattung von Menschen, die noch kaltblütiger war: Paparazzi. Wenn sie sich beeilte, konnte sie sich mit einem Sprint zum Haupthaus vielleicht noch vor ihren Kameras in Sicherheit bringen. Das Geschmeiß hatte sie doch in den letzten Wochen in Ruhe gelassen. Was war bloß passiert?

»Oh Gott«, flüsterte sie.

»Oh mein Gott!«, gurrte Ella mit ihrer tiefen Stimme. Sie hatte *das* Kleid für sich gefunden.

»Brava! Ottima scelta! Wirklich eine sehr gute Wahl!«, bestätigte die Verkäuferin.

»Dóve?«, fragte Ella und sah sich nach den Umkleidekabinen um.

»Gleich hier drüben.«

»Grazie.«

Sie steuerte auf *seine* Kabine zu.

Der Killer musste nun auch Ella erwischt haben!, dachte Katherine und kletterte hastig die Leiter hinab.

Sie ließ alles stehen und liegen und rannte über den Steg zum Haupthaus. Doch da sah sie schon zwei weitere Reporter aus dem Wagen springen.

»Fuck!«, rief sie, drehte sich um und rannte zum Bootshaus zurück.

Die Hubschrauber hatten mittlerweile fast das Ufer erreicht. Ihre Rotorblätter sogen das Flusswasser an und ließen einige der kleineren Paparazziboote beinahe kentern.

»Halt! Stehen … bleib … schieße!«, rief der Mann, doch seine Worte wurden vom Lärm der Rotoren verschluckt.

Schießen? Hatte der Typ wirklich »schießen« geschrieen? Sie musste sich verhört haben!

Sie warf einen hastigen Blick über die Schulter. Der Mann zog eine Waffe aus dem Schulterhalfter.

»Nicht!«, rief die Frau, die ihm folgte.

Katherine rannte schneller. Seit wann trugen Journalisten Schusswaffen auf sich?

Plötzlich explodierte ein Farbeimer neben ihr. Erschrocken schrie sie auf.

Sie war schon fast an der Tür des Bootshauses. Eine weitere Kugel zerfetzte die frisch getünchte Holzverkleidung, gefährlich nah an Katherines Kopf. Kleine Holzsplitter bohrten sich in ihre Wange.

Wie versteinert blieb sie stehen. Der Hubschrauber flog eine Schleife, wahrscheinlich um den Kameras eine bessere Position zu bieten. Der Lärm verebbte ein wenig und Katherine konnte den Mann nun richtig verstehen.

»Drehen Sie sich mit erhobenen Händen langsam um!«, schrie er.

Katherine tat, was er sagte. Der Mann zielte direkt auf ihren Kopf. Diesmal würde er sie nicht mehr verfehlen. Sie zitterte am ganzen Körper, ihre Beine drohten nachzugeben.

Langsam kam der Mann näher. Der Hubschrauber kreiste jetzt genau über ihnen. Die Malutensilien wirbelten wie bei einem Tornado herum und Katherine wurde mit Farbe besprüht. Nun hatte der Mann sie erreicht. Er fasste sie an der Schulter und drehte sie grob um.

»Arme nach hinten!«, befahl er.

Katherine gehorchte und einige Sekunden später spürte sie den kalten Stahl der Handschellen um die Handgelenke. Dann drängte der Mann sie ins Bootshaus. Sie stolperte über die Schwelle und der Unbekannte drückte sie gegen eine Wand. Katherine schmeckte das Salz auf den Planken.

»Bitte«, wimmerte sie. Mehr brachte sie nicht heraus.

»Bitte? Haben das deine Freundinnen auch gesagt, als du sie abgeschlachtet hast? Bitte?«, fuhr der Mann sie an.

»Davis!«, rief die Frau wütend. »Lass sie sofort los!«

»Sie ist es, Helen! Das Miststück ist unser Killer! Sie wollte fliehen!«, entgegnete er verdutzt und sah aus, als erwache er aus einem Traum.

»Wer sind Sie?«, fragte Katherine verängstigt.

»NYPD!«, fauchte Davis.

»Was? New York Police Department?«, wiederholte sie verblüfft.

»Du hast auf sie geschossen, ohne dich zu identifizieren!«, schrie die Frau ihn an.

»Ich habe mich identifiziert! Sie hat mich wohl wegen des Helikopters nicht gehört!«

»Vielleicht hat sie auch nicht gehört, dass sie stehen bleiben sollte!«

»Ich habe Sie wirklich nicht verstanden! Ich hielt Sie für Reporter! Was soll das alles hier?«, fragte Katherine.

Davis räusperte sich. »Katherine Williams, ich verhafte Sie wegen Mordes an Inez Diega, Pete Moore, Mia Wong, Viktor Adams, Vivian Lemoire, Lauren Gramney und Anuradha Apala.«

»Nein! Sie irren sich! Ich habe niemanden ermordet.« Sie sagte es ganz ruhig und gefasst.

»Miss Williams«, begann Helen, »Sie haben das Recht zu schweigen. Sollten Sie dieses Recht nicht wahrnehmen, kann alles, was Sie nun sagen, vor Gericht gegen Sie verwendet werden. Sie haben das Recht auf einen Anwalt. Sollte Ihre finanzielle Situation dies nicht erlauben, wird Ihnen ein Pflichtverteidiger von der Staatsanwaltschaft gestellt. Haben Sie das verstanden?«

Katherine starrte die kleine Frau an.

Das ist es, dachte sie. Das ist die Strafe für mein erstes Leben.

Alles lief an diesem Punkt zusammen. Sie hatte geglaubt, der Verlust ihres Kindes, ihres Mannes und ihrer Haut wären Marter genug gewesen. Aber nein. Diese öffentliche Demütigung hatte noch gefehlt. Der Schmerz machte keine Kompromisse. Sie hätte das wissen müssen. Andy *hatte* es gewusst. Er hatte gut daran getan, sich nicht mehr mit ihr einzulassen.

»Ja. Ich habe verstanden«, sagte sie. Sie schluckte und eine Träne rann ihre Wange hinab.

Davis ging zur Tür.

»Ich vermute, wir müssen jetzt da hinaus, nicht wahr?«, fragte Katherine.

»Ja, das müssen wir.« Helen nickte. »Es tut mir leid, Miss Williams. Wir werden Sie nach New York bringen und vor Gericht stellen.«

»Es muss Ihnen nicht leid tun«, entgegnete Katherine, doch dann fiel ihr ein, dass sie gar nicht den Namen der Polizistin kannte. »Darf ich Ihren Namen wissen?«, fragte sie.

»Detective Helen Louisiani.«

»Es muss Ihnen nicht Leid tun, Detective Louisiani. Sie irren sich. Aber das ist nun sowieso nicht mehr wichtig. Sie tun nur Ihre Pflicht.«

»Lass dich von ihr nicht einlullen, Helen!«, mahnte Davis und öffnete die Tür.

Die Blitzlichter kamen zuerst. Es war, als blicke man in explodierende Sonnen. Dann folgten auch schon die Rufe.

»Katherine! Kathy! Kath, sieh uns an!«, brüllten Dutzende von gierigen Kehlen. Es war fast wie ein Shooting auf dem roten Teppich. Aber nur fast.

Katherine und die beiden Detectives wurden von Reportern und Fotografen umringt. Einer der Kameramänner rammte sein Objektiv gegen Katherines Stirn.

Katherine sah das Blut spritzen. Kurz färbte sich alles um sie rot, danach schwarz. Der Schmerz triumphierte. Er brüllte: »Jetzt gehörst du für immer mir!« Dann verlor sie sich im Dunkel der Bewusstlosigkeit.

So gut sie konnten, hievten Davis und Helen die bewusstlose Katherine durch die drängelnde Menge. Einige der Paparazzi kamen dem Rand des Steges zu nahe und stürzten wie Lemminge ins Wasser.

Heilloses Chaos herrschte.

»Na, das war doch was!«, sagte Davis, als sie endlich im Wagen saßen.

Katherine lag auf der Rückbank. Helen versorgte notdürftig ihre Platzwunde.

»Quatsch nicht, sondern fahr!«, rief sie wütend.

Ihr gingen Katherines Blick und ihre Worte nicht aus dem Sinn.

*Sie irren sich ... Aber das ist nun sowieso nicht mehr wichtig ...*

Für Davis klang das sicherlich nach einem Geständnis. Doch für Helen deuteten diese Worte in eine andere Richtung. Es schien fast so, als wolle die berühmte Katherine Williams sich selbst bestrafen. Doch wofür?

Die Platzwunde an ihrer Stirn hörte langsam auf zu bluten. Haar und Gesicht waren mit kleinen, weißen Farbtropfen besprenkelt.

Helen fragte sich, was wohl ihr Geheimnis war.

Die Boutique war klein, was logisch erschien. Die Ladenmieten hier mussten horrend sein.

Er war unbemerkt in die Umkleidekabine neben der von Ella Henson geschlüpft und belauschte nun, wie sie von einem sündhaft teuren Kleid ins nächste schlüpfte.

Er überlegte, wie er es tun würde. Bei den anderen war er immer sehr geplant vorgegangen. Dies hier war für seine Verhältnisse eine äußerst spontane Tat. Doch die Gelegenheit war zu günstig, um sie nicht zu nutzen.

Er zog das lange Kampfmesser aus der Scheide und prüfte die Zwischenwand der Kabine. Sie war dünn wie Pappe.

Er würde Ella etwas fragen. Ganz leise fragen. So, dass sie näher an die Wand treten musste.

Dann würde er ihr das Messer durch die Wand in ihre Eingeweide treiben. Vermutlich würde sie noch lange genug leben, um seine Anweisungen zu befolgen. Die anderen hatten es ja auch getan. Es hatte bis jetzt immer funktioniert.

Showtime!

Er räusperte sich und öffnete den Mund, wollte gerade etwas sagen, doch jemand kam ihm zuvor.

»Scusi, signora Henson?«, sprach eine tiefe, männliche Stimme.

»Sì?«, entgegnete Ella Henson.

»Sono commissario Mandretti.«

Verdammt! Polizei!

»Che cosa vuole da me?«, erkundigte sich die Henson.

»Abbiamo ricevuto una richiesta dall'Interpol sulla sua sicurezza. Potrebbe uscire per cortesia?«, ratterte der Commisssario herunter.

*Er* verstand kein Wort.

»Certo!«, sagte Ella nach einigem Zögern.

Er bemerkte, wie sie mit dem Fuß etwas unter der Zwischenwand hindurch schob. Es war ein Briefchen mit Kokain. Dann öffnete sie den Vorhang und trat hinaus.

Er ging in die Hocke und spießte mit der Spitze des Jagdmessers das Kokainbriefchen auf wie ein Insekt. Er betrachtete es interessiert.

Böses Mädchen, dachte er.

Draußen vor den Kabinen unterhielt sich Ella Henson mit dem italienischen Kommissar. Schließlich konnte er hören, wie sie gemeinsam die Boutique verließen. Er seufzte. Soviel also zu den spontanen Aktionen. Nun, jetzt würde er sich etwas anderes für Ella Henson ausdenken müssen.

Bisher war ihm immer etwas eingefallen.


Helen und Davis hatten ihre Gefangene zunächst zu einer Ambulanz nach Easton gefahren, wo man sich um ihre Platzwunde kümmerte. Davis hielt vor dem Behandlungszimmer Wache, Helen begleitete Katherine.

»So«, sagte der Arzt, desinfizierte die Wunde erneut und verklebte sie mit einem Gel. »Sie haben gutes Heilfleisch. Ich habe Professor Wynters Artikel über ihre Hautverpflanzung gelesen. Ihre neue Haut regeneriert sich ungewöhnlich schnell. In ein paar Tagen wird nichts mehr von ihrer Verletzung zu sehen sein.«

»Angenommen, Miss Williams hätte einen Streifschuss am Oberarm erhalten – würde eine solche Wunde ebenso schnell heilen wie diese Platzwunde?«, fragte Helen interessiert.

»Sicher, ja«, antwortete der Arzt und zu Katherine gewandt, fragte er: »Sind Sie angeschossen worden?«

Sie sah ihn nicht an, sondern Helen in die Augen, als sie antwortete: »Nein!«

Ein Moment der Stille folgte, während dessen sich Katherine und Helen musterten.

»Aha! Na, dann werde ich mich mal um meine anderen Patienten kümmern«, sagte der Arzt und ging hinaus.

»Sie glauben, dass ich unschuldig bin. Habe ich recht?«, fragte Katherine.

»Bis jetzt tat ich es«, sagte Helen. »Nun aber kommen mir, ehrlich gesagt, gewisse Zweifel.«

»Nur wegen meiner schnell heilenden Haut?« Katherine runzelte die Stirn. »Aber warum?«

»Wenn Sie der Killer sind, wissen Sie, warum.«

»Aber das ist es doch! Ich bin nicht Ihr Killer!«

»Wir werden sehen!«, entgegnete Helen knapp.

Konnte es sein? Konnte Katherine Williams ihre Laufstegkolleginnen ermordet haben? War es denn möglich, dass sich ein schöner Schwan in einen bösartigen, raffinierten Killer verwandelte, wie in einer perversen Umkehrung des Märchens vom hässlichen Entlein?

»Sie sind wirklich nett, wissen Sie?«, sagte die junge Frau neben ihm.

»Danke sehr!«, entgegnete er.

Sie fuhr fort, über ihren Italienaufenthalt zu erzählen und er nickte, obwohl er gar nicht richtig zuhörte.

Er hielt genau den richtigen Abstand zu ihren Erzählungen. Sie berührten ihn nicht und er warf ab und zu ein wohlplatziertes »Aha« oder »Hmh« ein.

Die United Airlines Maschine war nicht voll belegt.

Er hatte einen Platz am Gang, ziemlich weit vorne. Economyclass. Durch den halbgeöffneten Vorhang konnte er in die erste Klasse sehen.

Ella Henson saß dort, schön wie eine Renaissancestatue. Sie schien ein wenig nervös, bestellte in kurzen, regelmäßigen Abständen etwas zu trinken und terrorisierte das Flugpersonal offenbar mit allerlei ausgefallenen Wünschen. Zumindest konnte er das an den rollenden Augen der Flugbegleiterinnen erkennen, wenn diese sich von dem Supermodel abwandten.

Er stand auf und ging zu ihr. »Miss Henson?«

»Was?«, keifte sie schrill.

»Bitte entschuldigen Sie die Störung, aber meine Freundin ist eine große Bewunderin Ihrer Schönheit und Ihrer grazilen Kunst auf dem Laufsteg.«

Ellas Gesichtszüge entspannten sich. »Das haben Sie aber nett gesagt. Wo soll ich unterschreiben?«

Er reichte ihr die letzte *Elle* mit ihrem Konterfei auf dem Cover. »Hier, bitte.«

»Wie heißt denn Ihre Freundin?«

»Katherine. Sie sitzt dort drüben. Sie hat sich nicht getraut, Sie anzusprechen. Deshalb habe ich mir erlaubt...«

»Ach, wie süß von Ihnen. Dann schreibe ich also: ›Für Katherine. Halten Sie diesen Kerl gut fest. So höfliche und so gutaussehende Männer sind selten‹.«

»Das ist sehr nett von Ihnen! Vielen Dank!« Er strahlte sie an.

Ella winkte seiner vermeintlichen Freundin zu. Die Frau lächelte verunsichert und erwiderte schüchtern das Winken.

Perfekt!

Er setzte sich wieder auf seinen Platz. Die junge Frau neben ihm beugte sich herüber. »Ist das nicht Ella Henson da vorn?«

»Ja. Ich habe mir ein Autogramm für meine Freundin geben lassen.«

»Was hat Sie geschrieben?«

Er hielt ihr die *Elle* hin.

»Wow!«, sagte die junge Frau. »Wenn das stimmt, was da steht, hat Ihre Freundin wirklich Glück.«

Er nickte und lächelte sein Tom Cruise Lächeln. »Na ja, ich hoffe schon, dass sie mich zu schätzen weiß.«

»Oh, das weiß sie. Frauen spüren so was.« Sie legte ihre Hand auf die seine und sah ihm tief in die Augen. »Ich jedenfalls spüre, dass Sie einer Frau niemals etwas vormachen würden.«

Er begutachtete ihre Haut. Glatt. Faltenlos. Reiner Teint. Sie wäre eine mögliche Kandidatin. Doch das würde bedeuten, Katherine und den anderen untreu zu werden. Und das wäre Sünde.

»Vielen Dank. Aber ich ...«

»Wirklich nicht? Wir könnten schnell auf die Toilette ...«

»Vielen Dank für das Angebot, ehrlich. Aber das wäre nicht richtig.«

»Gott, Sie sind wirklich zu gut, um wahr zu sein. Ihre Freundin ist ein echter Glückspilz.«

»Nun« ,sagte er, »ich hoffe sehr, Sie haben recht.«

# 3. Die Haut

*»If you're flawless, then you'll win my love«*
*Alanis Morissette, 1995*

# Abseits

Es kam nur noch selten vor, dass Jamie in eine laufende Sitzung hereinplatzte. Zumindest hatte Andy sein ganzes Können als Psychologe darauf verwendet, dass Jamie sich an die Grundregeln der Höflichkeit hielt und zunächst einmal anklopfte.

Er war gerade in einer Sitzung mit Rose Smitherton, einer der typischen Mittfünfzigerin aus Easton und Umgebung. Ihr Mann war ein hohes Tier im Pentagon, die Kinder, bereits flügge, hatten das elterliche Nest verlassen. Es gab keinen Galaabend und keine Wohltätigkeitsveranstaltung, die Rose nicht mitorganisiert hätte. Und auch kein Thema, das sie im *Womans Club* nicht erörterte, oder keinen Skandal, den sie nicht von allen Seiten betratschte. Ihr Leben war perfekt, elitär und ihrer Meinung nach vollkommen sinnentleert. Für so eine Frau gab es hier in Easton nur drei mögliche Fluchtpunkte: den Alkohol, die Umarmung eines Liebhabers oder die Praxis eines Psychiaters.

Rose Smitherton hatte ihm gerade eröffnet, dass sie im Moment alle drei Möglichkeiten zugleich nutzte, als Jamie *ohne* anzuklopfen hereinstürmte.

»Schnell! Kanal Eins!«, keuchte sie. »Wo ist die …«, fragte sie und drehte den Kopf suchend hin und her wie ein aufgescheuchtes Huhn. »Aha, da!« Sie ergriff die Fernbedienung und schaltete das Fernsehgerät ein.

»Jamie, sehen Sie nicht, dass ich gerade mitten in einer Sitzung …«, begann Andy, wurde aber von der Eilmeldung des lokalen Fernsehsenders unterbrochen.

*»Katherine Williams auf ihrem Anwesen verhaftet. Die Anklage der New Yorker Staatsanwaltschaft lautet auf Mord in sieben Fällen. Das ehemalige Topmodel wurde während einer spektakulären Verhaftung von einem Kameramann versehentlich am Kopf verletzt und musste zuerst in einer Ambulanz in Easton behandelt werden. Katherine Williams machte zuletzt Schlagzeilen mit einer aufsehenerre-*

*genden Hauttransplantation, nachdem sie im letzten Jahr mit schweren Verbrennungen einen Flugzeugabsturz überlebte, bei dem ihr Sohn Daniel und ihr Mann, der Internet-Tycoon Richard Baxter, ums Leben kamen ...«*

Der Fernseher verstummte plötzlich.

Andy hatte Jamie die Fernbedienung aus der Hand genommen und das Gerät wieder abgeschaltet.

»Was tun Sie?«, fragte sie ungläubig.

»Ich habe den Fernseher ausgemacht«, entgegnete Andy ruhig.

»Das meine ich nicht! Ich meine, was tun Sie jetzt wegen Katherine. Immerhin ist sie Ihre Freundin.« Sie betonte beide Silben, um ihnen mehr Gewicht zu verleihen.

»Ich gedenke nichts zu tun.«

»Aber ...«, stammelte sie.

»Ich habe gerade eine Sitzung, Jamie. Mrs. Smitherton ...«

Doch Rose Smitherton stand inzwischen auf und tätschelte Andy die Wange, als wäre er ihr artiger Enkelsohn.

»Ich bin geheilt! Meine Depressionen sind wie weggeblasen! Sie sind ein Genie, Doktor! Ich habe noch nicht einmal mehr das Verlangen nach einem Drink.« Sie schürzte genussvoll die Lippen. »Katherine Williams und der Doktor! Das muss ich sofort Angelica erzählen!«

Die letzten Worte vernahm Andy nur noch als ein Murmeln. Sie war bereits hinausgeschwebt.

»Nun?«, fragte Jamie.

»Was ›nun‹?«

»Gibt es da nicht jemanden, um den Sie sich kümmern sollten, Doc?«

»Katherine kann ganz gut auf sich selbst aufpassen, Jamie. Glauben Sie mir. Das konnte Sie schon immer.«

»Das können Sie doch nicht tun, Sie ...«

Das Telefon klingelte. Andy drehte sich demonstrativ weg. Jamie verdrehte die Augen und nahm den Hörer ab.

»Praxis Doktor Peterson. Ja, einen Augenblick.« Sie reichte ihm den Hörer.

»Es ist Miss Williams. Sie will Sie sprechen. Soll ich ihr sagen, dass sie auf sich selbst aufpassen kann?«

»Hallo, Andy«, sagte Katherine am anderen Ende der Leitung. Ihre Stimme klang, als hätte sie geweint.

»Hi«, antwortete er unbeholfen.

»Hör zu, Andy. Das ist der einzige Anruf, den sie mir gestatten. Ich möchte dich bitten, dass du meinen Anwalt in New York anrufst. Sein Name ist Schwartz, Harold Schwartz. S-C-H-W-A-R-T-Z.«

»Warum rufst du ihn nicht selbst an?«, fragte er zurückhaltender, als er eigentlich wollte.

Seine harsche Reaktion ließ sie zögern. »Der Grund ist, dass ich mich bei dir entschuldigen möchte. Ich war nicht fair zu dir. Ich war eigentlich nie richtig fair zu dir. Mir ist klar, dass ich nicht das Recht habe, dich um irgendetwas zu bitten, nicht nach dieser Party damals in meinem Loft, meine ich. Aber trotzdem muss ich es tun.«

»Ist schon okay«, sagte er.

Katherine lachte traurig. »Ich kenne dich zu gut, Andy.« Es hörte sich an, als ob sie wieder weinte. »Das heißt bei dir eigentlich: ›Nein‹.«

»Das stimmt nicht. Wirklich nicht, Kath.«

»Okay. Kannst du dann bei mir vorbeifahren und mal nach dem Rechten sehen? Das ist mir sehr wichtig. Ich möchte nicht, dass die Paparazzi meinen Unterwäscheschrank durchstöbern und den Inhalt dann bei Ebay versteigern. Und falls du denkst, ich übertreibe – Ella ist genau das in Tokyo passiert. Alles Weitere regle ich mit Schwartz.«

»Selbstverständlich kümmere ich mich darum. Hast du irgendwelche Drogen im Haus, die ich lieber verschwinden lassen sollte?«, fragte er.

»Andy, nein! Ich bin clean. Seit Richard ...« Ihre Stimme stockte. »Nein, keine Drogen. Darum geht es wirklich nicht.«

»Okay.«

»Danke, Shr ...« Sie verbesserte sich gerade noch rechtzeitig. »Ich meine, danke, Andy.«

»Soll ich deinem Vater Bescheid geben?«

»Nein, er ...«

Sie wurden unterbrochen.

Andy stand noch einen Moment mit dem Hörer in der Hand da.

*Ich will das nicht tun, Fran.*

*Sie bekommt letztlich das, was sie verdient, nicht wahr, Liebling?*

*Nein, ich will das einfach nicht tun.*

*Klar, Liebling. Du bist ein echter, aufrechter Held.*

»Und, was wollte sie?«, fragte Jamie mit unverhohlener Neugier. Sie war die ganze Zeit neben ihm gestanden.

»Besorgen Sie mir bitte die Nummer eines Anwalts in New York. Harold Schwartz. Rufen Sie mich auf dem Handy an, wenn Sie die Nummer haben.«

»Klar, mach ich! Aber was hat sie denn nun gesagt?«

Andy ignorierte ihre Frage. »Ich bin jetzt weg. Sagen Sie alle Termine für heute ab«, sagte er, nahm seine Jacke und ging.

Jamie sah ihm nach und zuckte mit den Achseln. »Gut, dann muss ich es eben aus dem Fernsehen erfahren.« Sie schaltete den Apparat wieder ein.

»Die Nummer, Jamie!«, sagte Andy, der den Kopf zur Tür reinstreckte.

»Natürlich, Doktor Peterson«, sagte Jamie und griff zum Telefon.

Als sie ihm etwas später die Nummer durchgab und er endlich Schwartz in seiner Kanzlei anrufen konnte, hatte er bereits das Rollyston Anwesen erreicht.

Vor der Einfahrt stand ein halbes Dutzend Übertragungswagen lokaler Stationen und er erkannte auch zwei, die Senderlogos aus Baltimore trugen. Er musste hupen, um sich einen Weg durch die Meute zu bahnen und fühlte sich an einen Besuch im Safari Park erinnert. Kamerascheinwerfer blendeten ihn. Instinktiv schloss er die Augen und überfuhr so fast eine hübsche Reporterin, dessen Gesicht er aus den Abendnachrichten kannte.

»Pass doch auf, du Arschloch!«, rief sie wütend.

Na, na, dachte Andy. Er lächelte ihr entschuldigend zu. Daraufhin zeigte sie ihm den Mittelfinger und er fragte sich, ob sie so einen Gruß auch über den Sender schicken würde.

Ohne weiter auf sie zu achten, fuhr er zum Haupthaus.

Dort angekommen, traf er auf einen Polizisten, der mit wenig Erfolg versuchte, allein mit Hilfe seiner übergewichtigen, physischen Präsenz eine Art provisorischer Straßensperre zu errichten. Als er Andys Wagen sah, hob er seine fleischige Hand zu einem »Stop« und mit einer kreisenden Bewegung bedeutete er ihm, die Fensterscheibe herunterzukurbeln.

Andy gehorchte.

»Hier gibts nichts zu sehen! Kehren Sie wieder um«, befahl der Deputy routiniert. Vermutlich hatte er den Satz an diesem Tag schon des Öfteren zum Besten gegeben.

»Mein Name ist Doktor Peterson. Miss Williams hat mich beauftragt, hier nach dem Rechten zu sehen.«

»Sind Sie ihr Anwalt?«

»Nein, ich bin Miss Williams' Psychiater.«

Andy rechnete mit einer Abfuhr, stattdessen fing der Deputy schallend an zu lachen.

»Na, dann haben Sie aber bei dieser Irren einen beschissenen Job abgeliefert, Doc!« Sein Lachen glich dem Wiehern eines Pferdes und klang irgendwie ungesund.

»Wie meinen Sie das?«, wollte Andy fragen, denn er begriff nicht sofort, was der Deputy meinte. »Oh! Ja! Verstehe! Darf ich nun durch?«

»Fahren Sie schon«, sagte der Dicke.

Andy nickte ihm zu und fuhr los. Im Rückspiegel sah er, wie der Deputy ihm, immer noch wiehernd, nachsah.

»Und Sie sind?«, fragte eine kleine Frau mit einer hohen Stimme. Sie trug einen dunklen Mantel mit einer New Yorker Polizeimarke am Revers.

»Andy Peterson. Doktor Andy Peterson.«

»Sind Sie von der örtlichen Spurensicherung?«, erkundigte sie sich in einem strengen Ton, der so gar nicht zu ihrer Erscheinung passen wollte.

»Nein«, antwortete er und dachte bei sich, dass es offensichtlich nicht gut sei, mit ihr Kirschen zu essen. »Ich bin Psychiater und ein Freund von Miss Williams. Sie hat mich gebeten, hier nach dem Rechten zu sehen.«

»Verstehe«, sagte die Frau.

Andy wartete darauf, dass sie sich vorstellte. Doch sie machte keine Anstalten, es zu tun.

Offensichtlich mag sie keine Psychiater, überlegte er und fragte: »Wo ist Miss Williams jetzt?«

»Im Gefängnis des County-Sheriffs. Von dort wird sie heute Abend zu uns nach New York überstellt.«

»Geht es ihr gut?«

»Sie wurde ärztlich versorgt, wenn Ihre Frage darauf zielt.«

»Ja, genau darauf zielt sie.« Er räusperte sich. »Hören Sie, Miss Williams geht es vor allem darum, dass die Presse keinen Zutritt zu ihrem Haus erhält, verstehen Sie, Miss…«

»*Detective*. Detective Louisiani. Wir suchen hier nach Spuren, die Miss Williams' Schuld beweisen und möchten ganz bestimmt keinen hier haben, der unsere Ermittlungen behindert. Auch keinen von der Presse, Doktor.«

»Das alles ist doch nicht wahr, Detective. Glauben Sie wirklich, dass Kathy im Stande wäre, all diese Morde zu verüben?« Andy schüttelte den Kopf, lachte leise und ahmte damit unbewusst den dicken Deputy nach.

»Offenbar denken Sie etwas anderes.«

»Ja! Ganz genau! Es ist unmöglich. Vollkommen unmöglich.«

»Ist das Ihre Meinung als Miss Williams' Psychologe oder als ihr Freund? Sie sind doch ihr Freund, nicht wahr?«

»Beides, Detective. Ich bin ihr Psychologe und ihr Freund.«

»Tja, Doktor Peterson, leider haben wir ziemlich eindeutige Indizien, die darauf hindeuten, dass Ihre Freundin zumindest die Morde an Vivian Lemoire und Lauren Gramney begangen hat.«

»Und was für Indizien sind das?«

»Darüber darf ich zu diesem Zeitpunkt der Ermittlungen noch nicht sprechen.«

»Was immer diese Indizien auch bedeuten, Sie irren sich.«

»So hat es Miss Williams auch formuliert.«

»Weil es die Wahrheit ist, Detective! Katherine ist niemals in der Lage, so etwas zu tun.«

»Nun, vielleicht hatte sie Hilfe.«

Wie schon vorher bei dem Deputy dauerte es auch diesmal einen Moment, bis der Groschen fiel. »Wow! Sie sind echt gut!«, sagte Andy schließlich. »Einen Augenblick lang glaubte ich, Sie meinen wirklich, was Sie da andeuten.«

»Ich deute gar nichts an, Doktor Peterson. Ich frage nur, wo Sie am Mittwochabend so gegen halb neun waren.« Detective Louisiani sah ihn lange an.

Andy erwiderte ihren Blick. »In meiner Praxis«, sagte er dann. »Ich habe Patientenakten durchgearbeitet. Meine Sekretärin kann Ihnen das bestätigen.«

»In Ordnung, Doktor Peterson, wir werden das überprüfen.«

»Kann ich mich darauf verlassen, dass Sie den Wunsch von Miss Williams respektieren werden?«

»Sie können.«

»Ich danke Ihnen. Nur noch eins ... Darf ich sie besuchen, bevor sie nach New York gebracht wird?«

Helen musterte den Psychologen. Dann seufzte sie und zuckte mit den Schultern. »Ich wüsste nicht, was dagegen spricht.«

Die Wache des Sheriffs von Talbot County in Easton erinnerte Andy irgendwie an John Waynes Sheriffbüro in *Rio Bravo*. Doch hier gab es keinen Gitarre spielenden Ricky Nelson, keinen heruntergekommenen Dean Martin und auch keinen zahnlosen, ewig jammernden Walter Brennan, sondern nur eine freundlich lächelnde Empfangsdame in der Uniform eines Deputys.

»Wie kann ich Ihnen helfen?«, fragte sie.

»Ich möchte gern zu Katherine Williams.«

Ihr Lächeln gefror. »Ich glaube nicht, dass ich befugt bin ...«

»Ist schon gut, Diane«, sagte Sheriff Miller, der aus seinem Büro trat.

Andy kannte William Miller gut. Bill war derjenige gewesen, der ihm damals die Nachricht von Frans Tod überbracht hatte. Trotz oder gerade deshalb waren sie Freunde geworden und die Millers luden ihn öfters zum Essen ein. Ab und zu – nach der Meinung von Bills Frau viel zu selten – hatte Andy diese Einladung auch angenommen.

Bill passte gut in diese *Rio Bravo* Kulisse. Wie der *Duke* war auch er groß, dunkelhaarig, etwas grobschlächtig und hatte sogar ein wenig den typischen Gang von John Wayne drauf, was er einer Kriegsverletzung aus dem ersten Golfkrieg verdankte. Bill hatte ihm nie offenbart, wie es dazu kam, dass er verletzt wurde. Das Einzige, was Andy ihm mal entlocken konnte, war, dass es ›keine schöne Sache‹ gewesen war. Daraufhin hatte Bill seine Bierdose mit einem langen Schluck geleert und sie geräuschvoll in seiner riesigen Faust zerdrückt.

Seither hatte Andy dieses Thema nicht mehr angesprochen.

Als Katherine das Klappern von Sheriff Millers Schlüsselbund von Weitem vernahm, war alles fast schon vorbei.

Andy, dachte sie. Andy ist gekommen, um mich noch einmal zu sehen.

*Um dir ins Gesicht zu spucken!*

Nein, er wird mir helfen. Und irgendwann einmal auch verzeihen. Er wird für mich da sein. Er wird ...

*Dir den Schmerz nehmen? Ihn packen und zurück ins Dunkel schicken? Träum weiter, Schlampe! Mir, du gehörst mir!*

Vielleicht. Aber mein Kind, mein Mann und zwei meiner Freundinnen sind tot. Und bald auch ich. Dann gehöre ich niemanden mehr. Nicht einmal mehr dir, Schmerz.

Sie hatte wenig suchen müssen, um etwas zu finden, womit sie sich die Pulsadern aufschneiden konnte. Unter der schmalen Matratze war sie schließlich fündig geworden: Eine vergessene, kleine Scherbe einer Bierflasche, die irgendein Betrunkener zerschlagen hatte, wartete im Lattenrost versteckt auf sie. Blaugrün hatte sie im Licht der Neonröhre geglommen.

Es war ganz leicht, sie fest gegen die Handgelenke zu drücken. Dann legte sie sich hin und wartete auf das Sterben. Der Schmerz umfasste sanft ihre Hände.

*Komm*, sagte er. *Komm ins Dunkel. Hier ist es schön. Komm ins Dunkel. Hier ist es schön. Komm zu mir.*

Danny, dachte sie, Liebling, bald bin ich bei dir.

*Du gehörst mir*, entgegnete der Schmerz und sie fragte flüsternd: »Andy?« Es drang aus ihrer Kehle, als ob sie wirklich das kleine Mädchen wäre, für welches ihr Vater sie immer noch hielt.

*Nein! Ich bin es*, antwortete der Schmerz.

Sie ertrank in der Dunkelheit.


»Etwas stimmt nicht«, sagte Andy und schob sich an dem hünenhaften Bill vorbei.

Zuerst war da nur Katherines schlafendes Gesicht. Es war blass

# Die Haut

und wunderschön. Wäre es nicht schon vor langer Zeit geschehen, hätte er sich spätestens in diesem Augenblick in sie verliebt.

Seltsamerweise sah er erst jetzt das Blut. Ihr linker Arm war von der Liege gerutscht und es floss in einem bedrohlich breiten Rinnsaal zum Abfluss in der Mitte der Zelle hin.

»Hol mich der Teufel!«, brummte Bill und klang damit noch mehr wie der *Duke*. Hastig schloss er die Zellentür auf. Gemeinsam stürzten sie hinein.

Bill zog ein Taschentuch aus der Brusttasche – kein Halstuch wie beim *Duke*, dachte Andy wirr – zauberte ein weiteres aus der Hosentasche und improvisierte damit einen Druckverband. Während er routiniert versuchte, den Rest an Leben, der in Katherines Körper noch steckte, zu bewahren, stand Andy nur hilflos daneben.

»Keine Sorge«, beruhigte ihn Bill, »so leicht kommt sie uns nicht davon.«


»Ja, ja ich verstehe. Ist gut. Danke, dass Sie es waren, von dem ich es erfahren habe.« Der Senator legte den Hörer auf. Er war kreidebleich.

Lizz, seine Sekretärin, die ihm gerade einige Dokumente zur Unterschrift vorlegte, dachte im ersten Moment: Klasse! Jetzt hat der Alte einen Herzinfarkt und ich darf mir einen neuen Job suchen.

Doch der Senator fasste sich nicht ans Herz, sondern seufzte einmal tief, so als ob er eine unangenehme Sache, um die er bisher herumgekommen war, nun doch in Angriff nehmen musste, und sagte: »Bitte kontaktieren Sie Leonard Johnson. Ich muss ihn sofort sprechen.«

»Ja, Sir.« Lizz schauderte es. Johnson machte ihr Angst. Sie wusste nicht genau, was alles dieser großgewachsene Schwarze mit dem rasierten Schädel für den Senator erledigte, doch sie war sich ziemlich sicher, dass es nicht besonders legal war.

Als seine Sekretärin gegangen war, holte der Senator eine Flasche Scotch aus der Bar und schenkte sich ein großes Glas voll ein. Während er trank, sah er auf den Potomac River hinunter und dachte an sein kleines, störrisches Mädchen: Ach, Kathy! Warum machst du es deinem alten Herrn nur so schwer!

Als er etwa die halbe Flasche getrunken hatte, klopfte es an der Tür.

»Herein!«, rief er.

Der Besucher trat ein, still, wie es nur Leonard tat.

»Lenny, alter Freund!« Der Senator reichte ihm die Hand.

»Sir?«

»Erinnern Sie sich noch an den Tag, als Sie Professor Wynter hier zu mir ins Büro brachten?«

»Ja, Sir.«

»Erinnern Sie sich auch, was ich Ihnen nach seinem Besuch gesagt habe?«

»Ja, Sir. Sie erwähnten zwei mögliche Szenarien für die Zukunft des Professors.«

»Genau. Leider sieht es nun so aus, als müssten wir uns dem Szenario Nummer Zwei zuwenden, lieber Leonard.«

Der Riese schwieg einen Augenblick. Es war seine Art zu seufzen. »Ich verstehe. Noch etwas, Sir?«

»Nein, Lenny, das ist schon mehr als genug.«

»Gute Nacht, Sir.« Leonard Johnson ging so leise, wie er gekommen war.

Jetzt gibt es also kein Zurück mehr, dachte der Senator. Er trank das Glas leer und lächelte grimmig. Angriff war schon immer die beste Verteidigung gewesen. Und seine schwierige, störrische Tochter würde er verteidigen.

Koste es, was es wolle!

# Abwärts

Immer ein Fuß vor den anderen, immer ein Fuß vor den anderen, immer wieder.

Helen rannte.

Im Park war es still und alles, was sie hörte, war ihr gleichmäßiger Atem. In den letzten Wochen hatte sie das Marathontraining sträflich vernachlässigt. Doch damit war nun Schluss. Der Stress war ja nun vorbei.

Katherine Williams' Selbstmordversuch wurde von der Staatsanwaltschaft als Schuldeingeständnis interpretiert. Die Bestie im Körper eines Supermodels war damit gefunden und Melvin vom *Inquisitor* schrieb sich reich mit Schlagzeilen wie: »*Schwarze Witwe häutet Freundin!*« oder »*Schwarze Witwe will sich drücken!*« Das Letztere bezog sich natürlich auf den versuchten Suizid der Williams. Helens Lieblingsheadline war jedoch: »*Götterdämmerung! Katherine ›die Göttin Williams‹ als Serienkillerin angeklagt!*«

Angeblich hatte Douglas Melvin bereits einen millionenschweren, exklusiven Buchvertrag mit einem großen Verlag abgeschlossen.

Ich hätte diesen Bastard erschießen sollen, dachte Helen, als sie die Gothic Bridge überquerte.

Der Morgennebel überzog das Reservoir wie eine Steppdecke.

Helens Laufschuhe schlugen auf den Pfad. Morgens um halb fünf war der Central Park fast menschenleer und schuf inmitten von Manhattan die Illusion von Abgeschiedenheit. Helen liebte es, für einige Augenblicke diese ungewohnte Ruhe zu genießen. Doch offensichtlich durfte sie es heute nicht lange tun: Sie vernahm Schritte, die sich ihr näherten.

Sie wartete darauf, dass der Läufer sie überholte. Doch er tat es nicht, sondern blieb auf ihrer Höhe. Helen sah zur Seite und erblickte zunächst ein endlos langes Paar Beine. Sie musste hochsehen, um der Läuferin ins Gesicht schauen zu können.

Es war Staatsanwältin Samantha Risk.

»Guten Morgen, Detective«, begrüßte sie Helen.

Verwundert erwiderte Helen ihren Gruß.

»Trainieren Sie auch für den Marathon?«, fragte die hochgewachsene, schöne Frau. Ihr Haar war dunkel und ihre Augen von einem bestechenden Blau. Ihr ganzer Körper war mit Sommersprossen übersät, was sie in Helens Augen aus irgendeinem Grund sehr geheimnisvoll wirken ließ. Trotzdem konnte sie die Frau nicht ausstehen.

»Yep«, entgegnete sie kurz, was in Wirklichkeit soviel bedeutete wie: Lass mich in Ruhe joggen, schöne Staatsanwältin!

Doch trotz ihres Rufes war die Risk wohl nicht in der Lage, Helens Gedanken zu lesen, denn sie fragte: »Was ist Ihre Zeit?«

Helen seufzte. Warum mussten nur Frauen immer wieder die Spielchen der Männer übernehmen? Samantha Risk wollte mit ihr offenbar das ›Wer-pisst-höher‹-Spiel spielen.

Sie lächelte die Risk an und dachte dabei an ein paar deftige italienische Flüche, welche die Sexualpraktiken der Staatsanwältin mit Haustieren zum Gegenstand hatten.

»Drei dreiundzwanzig«, sagte sie dann.

»Nicht schlecht. Wirklich nicht schlecht.«

Natürlich hatte dieses Biest von einer Staatsanwältin eine bessere Zeit als Helen. Sonst hätte sie nie gefragt.

»Ihre?«, erkundigte sich Helen also, um den Spielregeln zu folgen.

»Zwei neunundfünfzig.«

»War klar.«

»Warum?«, fragte die Risk.

»Sie haben die längeren Stelzen.«

Zu Helens Überraschung lachte Samantha Risk laut auf. Und es war ein fröhliches, ein sympathisches Lachen.

»Im Sommerlager nannten mich die Jungs immer ›Flamingo‹.«

»Und wie nennen sie Sie jetzt?«, fragte Helen spitz.

Risk runzelte die Stirn. »Was ist los mit Ihnen, Helen? Wir haben die Williams doch im Sack.«

Helen antwortete nicht gleich. Erst nach einer Weile sagte sie: »Und wenn sie es gar nicht war?«

»Wie meinen Sie das?« Die Staatsanwältin stutzte.

»Gab es nicht einmal so etwas wie eine Unschuldsvermutung?«, fragte Helen rhetorisch.

Die Staatsanwältin blies sich eine Haarsträhne aus dem Gesicht und wirkte damit auf Helen wie eine Jogger-Barbie. »Sie haben recht. In dubio pro reo. Für jeden gilt vor dem Gesetz zunächst diese Unschuldsvermutung, bis das Gegenteil bewiesen wird. Bei Katherine Williams traf dies ein. Schließlich haben wir ihre DNA an einem der Tatorte gefunden. Ist das nicht Beweis genug? Und ihr Selbstmordversuch ist fast so gut wie ein unterschriebenes Geständnis«, erklärte Samantha. »Und vergessen Sie nicht: Ella Henson wurde nicht angegriffen. Gäbe es wirklich einen anderen Täter, wie Sie es zu glauben scheinen, warum schnappt sich dieser imaginäre Killer dann nicht die letzte der *Magnificent Seven*?«

Imaginärer Killer! Wirklich nett formuliert, Schätzchen! Helen schüttelte in Gedanken den Kopf.

»Vielleicht wartet der *echte* Killer nur darauf, bis der Polizeischutz für die Henson abgezogen wird«, bemerkte sie.

»Tja, also das ist schon geschehen, Detective.«

Helen blieb so unvermittelt stehen, dass sie mit ihren Schuhspitzen den Kies aufwühlte. »Was?«

»Kommen Sie, laufen Sie weiter«, sagte die Risk. »Ich komme sonst aus dem Rhythmus.«

»Dann lassen Sie sich von mir nicht aufhalten«, sagte Helen und holte ihr Handy hervor. »Ich muss telefonieren.«

Staatsanwältin Risk zuckte die Achseln und lief los. »Hat Spaß mit Ihnen gemacht, Helen!«, rief sie ihr zu. »Auf bald!« Dann verschwand sie wie eine keltische Göttin im Nebel.

»Ich komme sonst aus dem Rhythmus«, äffte Helen sie nach. »Blöde Zicke!«, fluchte sie und wählte Davis' Nummer.

»Miss?«, fragte der Taxifahrer. »Miss?«

»Was?«, fragte Ella zurück.

»Wohin wollen Sie?«

»Wohin ich will?«, fragte sie.

»Ja, wohin wollen Sie, Miss?«

Ella versuchte sich zu sammeln, was ihr ziemlich schwer fiel. Der Alkohol und die Unmenge Stoff, die sie intus hatte, taten das ihre. Sie holte tief Luft, um den Kopf frei zu kriegen. Sie roch teures Rasierwasser auf ihrer Haut und ihr Dekolleté fühlte sich rau an. Dann erinnerte sie sich. Sie hatte die Nacht bei einem Mann verbracht, den sie im Club kennengelernt hatte. Sie konnte noch das Kratzen seines Dreitagebarts spüren.

Nachdem ihr Polizeischutz aufgehoben wurde, musste sie einfach irgendwohin. Unter Menschen. Was im Grunde bedeutete: unter einen Mann.

Wenn über Holly Golightly das *rote Grausen* zusammenbrach, ging sie zum Frühstück zu Tiffanys. Ella legte sich einfach unter einen Mann und ließ sich vögeln.

Über diese Erkenntnis musste sie hysterisch kichern.

»Miss?«, fragte der Taxifahrer wieder. Er war Inder und schien ein bisschen Angst vor ihrer nordischen Präsenz zu haben.

»Hmh?«, fragte Ella blöd zurück. Sie bemerkte, dass sie in eine dunkelbraune Herrenlederjacke gehüllt war. Ein Blick darunter erklärte auch, warum. Sie hatte, außer dieser Jacke, nichts an. Ihre Finger tasteten herum und sie fand ihr Kleid und ihre Pumps. Die Unterwäsche fehlte.

Falsch. Sie hatte gar keine getragen. Jetzt fiel es ihr wieder ein.

Sie untersuchte die Taschen der Herrenlederjacke, fand eine halbvolle Schachtel Zigaretten und ein mit diamantenbesetztes Feuerzeug. Sie zündete sich eine an.

Gott, tat das gut!

»Sorry, Miss, kein Rauchen im Taxi«, sagte der indische Taxifahrer.

»Meine beste Freundin ist eine Serienkillerin«, teilte sie ihm mit. Sie sagte es so, als wäre damit alles erklärt.

Nun, aus ihrer Sicht *war* es ja auch. Laut der Polizei und den Medien hatte ihre beste Freundin Katherine sieben Menschen gehäutet und ermordet. Wenn das kein guter Grund war, das *rote Grausen* zu bekommen, dann wusste sie es auch nicht!

Ella kramte weiter in den Taschen der Lederjacke und fand einen Geldclip mit Dollarnoten.

»Miss, nicht rauchen hier«, beharrte der Taxifahrer.

Ella zog einen Ben Franklin aus dem Geldclip und schob ihn durch den Schlitz in der Plastikscheibe.

»Park Avenue«, sagte sie und blies genussvoll den Rauch gegen die Scheibe.

Der Fahrer sah auf den Schein, dann zu Ella, zuckte mit den Achseln und fuhr los.

Ella lehnte sich zurück und schloss die Augen.

Warum nur, Kathy?, dachte sie. Warum?

Zwei Zigaretten später hielt das Taxi vor dem Eingang ihres Apartmentgebäudes an der Park Avenue.

Sie reichte dem Taxifahrer zum Abschied noch einen Ulysses S. Grant und lief dann mit nackten Füßen, ihr Kleid und die Pumps in den Händen, in die Lobby.

Fred, der Concierge, verzog keine Miene, als er sie mit nichts weiter als einer Lederjacke bekleidet hereinkommen sah. Das war wahrlich nicht ihr extravagantestes Outfit gewesen. Sein persönlicher Favorit war das eine Mal, als sie in nichts weiter als Badeschaum gehüllt in die Lobby stürmte.

Miss Henson schien nicht zu einem Schwätzchen aufgelegt zu sein.

»Fragen Sie erst gar nicht!«, knurrte sie und hielt erwartungsvoll ihren freien Arm in die Höhe. Fred wusste die Geste zu deuten. Er warf ihr den Schlüssel ihres Apartments zu und sie lief in Richtung des Fahrstuhls. Bevor sie diesen betrat, drehte sie sich noch einmal kurz um und warf Fred einen Kussmund zu.

»Sie sind ein Schatz«, hauchte sie.

Dann schloss sich die Tür und sie verschwand.

Es war das letzte Mal, dass er Ella Henson lebend sah.

Der heiße Strahl der Dusche hüllte sie in einen schützenden Schleier aus Wasser und Dampf. Das *rote Grausen* bröckelte von ihr ab und zerfiel schließlich zu Staub.

Ein Fick und eine heiße Dusche. Mehr braucht es nicht, stellte sie fest.

Sie öffnete die Glastür, rubbelte sich ab, schlüpfte in einen Kimono, schlang sich ein kleines Handtuch um die Schultern und rieb damit ihre Haare trocken.

Dann trat sie ans Waschbecken mit dem großen Spiegel, hielt das Handtuch vorsichtshalber unter ihr Kinn, nahm ihr Glasauge heraus und verstaute es in der dafür vorgesehenen Schatulle.

Dann streifte sie eine weiße Augenklappe über.

Kaum jemand wusste von Ellas Behinderung. Mit sechzehn hatte sie begonnen, Heroin zu spritzen. Als bei einem Shooting für Schuhe die Einstichnarben zwischen ihren Zehen auffielen und sie daraufhin ein paar lukrative Jobs verlor, hatte ein Freund ihr gezeigt, wie man sich den Schuss in den Augapfel setzte. Einige Jahre ging das gut, doch dann spritzte sie einmal mit einer schmutzigen Nadel. Das Auge entzündete sich so heftig, dass es schließlich nicht mehr zu retten war.

Shit happens!

Es klingelte an der Tür.

Ella wusste nicht, wie spät es war, aber es war eindeutig zu früh für irgendwelchen Besuch.

Sie ging zur Tür und sah durch den Spion.

Ein gut aussehender, junger Mann an Krücken stand im Flur.

»Ich kaufe nichts! Verschwinden Sie!«, rief sie durch die Tür.

»Maggie? Bitte, Maggie, lass mich rein!«, rief der junge Mann geknickt. Offenbar hatte er getrunken, denn er wiegte auf den Stelzen hin und her wie ein Matrose bei schwerer See.

»Hier wohnt keine Maggie!«, rief Ella genervt.

»Maggie, bitte!«, flehte der junge Mann wieder.

»Verdammt!«, knurrte Ella, ging ins Badezimmer zurück, um sich ihr Glasauge wieder einzusetzen.

Ella riss die Tür auf.

»Sie sind nicht Maggie!«, stieß der betrunkene Mann verblüfft aus.

»Ganz recht! Ich bin nicht Maggie! Schwirr ab!«

»Aber ich muss zu Maggie.«

»Hat diese Maggie auch einen Nachnamen?«

»Klar.«

»Und wie lautet er?«

»Kenney. Maggie Kenney. Aber Sie sind nicht Maggie Kenney.«

Kenney, überlegte Ella. »Oh, Mann«, seufzte sie schließlich. »Maggie Kenney wohnt in 1903. Hier ist 1803. Sie sind im falschen Stockwerk, Mister.«

»Falsches... Oh, Scheiße! Tut mir leid. Dann können Sie gar nicht Maggie sein. Oh, Scheiße.«

»Ganz genau.«

Sie wollte die Tür schließen, doch eine der Krücken verhakte sich zwischen ihr und dem Türrahmen.

»Warten Sie! Vorsicht! Die brauch ich!«

Verzweifelt versuchte er die Krücke herauszuziehen, verlor dabei das Gleichgewicht, schwankte wie ein gefällter Baum, der sich noch nicht entschieden hatte, in welche Richtung er fallen sollte.

»Passen Sie auf!«, rief Ella, doch er stürzte bereits vornüber. In einer Parodie stürmischer Umarmung fielen beide in Ellas, mit weichem Teppich ausgelegten Flur.

»Tut mir so leid«, jammerte der Mann.

»Schon gut«, ächzte Ella, die von seinem Gewicht fast erdrückt wurde.

»Ist Ihnen was passiert?«

»Ich glaube nicht«, antwortete sie, als sie wieder Luft bekam.

»Gut!«, sagte der Mann mit einer plötzlich ganz nüchternen Stimme und hieb seine Faust in Ellas Gesicht.

»Ja?«, fragte Fred, als eine kleine, verschwitzte Frau im Jogginganzug an seinen Tresen trat. Sie holte eine Polizeimarke hervor.

»Detective Helen Louisiani, NYPD. Ich muss dringend zu Ella Henson.«

»Sie haben Glück. Ist etwa vor einer Stunde hier reingerauscht. Apartment 1803«, antwortete Fred. Das ›Wie‹ von Ella Hensons Ankunft behielt er für sich. Es lohnte sich, zu schweigen. Zu Weihnachten belohnte die Henson seine Diskretion immer mit einem sehr großzügigen Trinkgeld.

»1803?«, fragte Louisiani und wurde blass. »Das achtzehnte Stockwerk«, flüsterte sie.

»Ganz recht!« Fred beobachtete, wie sie mit hängenden Schultern zum Fahrstuhl hinüber ging, den Knopf drückte und nervös wartete.

»Nur Geduld!«, rief er ihr zu. »Der Aufzug ist gerade erst runter ins Untergeschoss gefahren. Dauert einen Moment.«

Die Polizistin sah ihn an. »Gerade erst?«

»Ja, vor ein paar Minuten. Wieso?«

»Shit!«, fluchte sie und zog aus einem Halfter an ihrer Wade eine kleine Handfeuerwaffe.

»Wow, Lady…«, begann Fred.

»Rufen Sie neun eins eins! Die Kollegen sollen Verstärkung schicken! Sagen Sie ihnen, es geht um Ella Henson!«

»Was? Was ist denn hier los?«, fragte Fred.

»Fragen Sie nicht! Tun Sie es einfach!«, rief sie. »Und wenn mein Kollege Davis kommt, sagen Sie ihm, dass ich im Keller bin!«

»Geht klar!« Fred griff nach dem Telefon.

Die Polizistin hastete ins Treppenhaus. Fred sah ihr nach und schüttelte den Kopf. »Weiber«, sagte er vor sich hin, als er die Nummer der Polizei wählte.

»Ella«, flüsterte eine Stimme. »El-laahh…«

Sie öffnete ihr gesundes Auge und starrte auf ihr eigenes gläsernes. Erst glaubte sie, es schwebe vor ihr in der Luft, doch dann erkannte sie den schwarzen Handschuh, der es ihr vors Gesicht hielt.

Sie wollte etwas sagen – nein, eigentlich wollte sie schreien – doch ihr Mund war mit Klebeband verschlossen.

»Ella, Ella, Ella«, sagte die Stimme, die wohl zur Hand gehörte. »So etwas macht man aber nicht.«

»Was?«, brachte Ella gequält hervor.

Ihre Arme taten weh. Sie blickte nach oben. Sie waren um ein Rohr geschlungen, das unter der niedrigen Decke verlief, und mit Handschellen daran gefesselt.

Wahrscheinlich sogar mit ihren eigenen. Sie hatte welche in ihrem Nachttisch deponiert.

Shit happens!

»War eben eine Detective Louisiani hier?«, rief ein Mann Fred zu.

Fred zeigte mit dem Daumen zum Treppenhaus und fragte: »Detective Davis?«

»Ja.«

»Ich soll Ihnen sagen, dass sie unten im Keller ist. Es geht um Ella Henson. Und Ihre Kollegen kommen übrigens auch gleich.«

Keller, Ella Henson, Verstärkung. Davis' Gedanken überschlugen sich.

»Gottverdammt, Helen! Das hatten wir doch schon!«, fluchte er.

Diese Frau macht mich noch fertig, dachte er, zog die Waffe, stieß die Tür zum Treppenhaus auf und rannte, wie diese verdammte, uneinsichtige Helen einige Minuten vor ihm, die Treppe zum Keller hinunter.

»Tja, ich sags ja«, murmelte Fred, »Weiber!«

Ellas Kopf flog zur Seite, als der Handschuh ihr ins Gesicht schlug.

»Wie kannst du es wagen, Unwürdige!«, fuhr der Handschuh sie an. »Weißt du, welche Mühe ich mit dir hatte? Und wofür? Für nichts! Beinahe hätte ich deine verkommene Haut der Göttin geweiht!«

Ella wimmerte.

Ein unbeschreiblicher Gestank drang ihr in die Nase. Ihr gesundes Auge begann anzuschwellen. Mühsam blinzelte sie. Das Gesicht des Handschuhs sah sie direkt an.

Es war mit blutigen Bandagen umwickelt, die grob mit Klebeband zusammengehalten wurden. Dazwischen erkannte sie verschwommen bestialisch stinkende, verrottende Fetzen von Haut. Augen und Mund waren hinter schmalen Schlitzen verborgen.

»Soll ich dir sagen, warum ich dir die Gnade meines Antlitzes gestatte? Ja? Soll ich es dir sagen?«, fragte die stinkende Fratze flüsternd. »Damit du mit deinem letzten Atemzug siehst, welch edles Geschöpf aus dir hätte werden können, falsche Schlange!«

Dann war das Gesicht verschwunden.

Ella spürte, wie sich kaltes, scharfes Metall auf ihren Hals presste.

Das ist in Wirklichkeit das *rote Grausen*. Jetzt weiß ich es, dachte sie seltsam ruhig.

Dann wurde ihr mit einem gewaltigen Schnitt die Kehle durchtrennt.

»Nein!«, rief Helen, als sie durch die offene Tür des Heizungsraums trat.

Ella Henson hing wie ein Stück Schlachtvieh an Händen und Füßen gefesselt, die Kehle aufgeschlitzt, von der Decke.

Helen stürzte zu ihr, presste die Hände auf die riesige, klaffende Wunde und schluchzte: »Nein… Nein! Nein! Nein!« Der Frau fehlte ein Auge, das andere war geschwollen und Helen merkte erst gar nicht, dass die Sterbende es aufriss. Ihrem verletzten Kehlkopf entwich ein leises Stöhnen.

»Was?«, fragte Helen und löste vorsichtig das Klebeband von Ellas Mund.

»Grrrausen«, flüstere sie.

»Grausen?«

Ella nickte. »Mmmmmnnnnnn.«

»Mund? Nein! Mann?«

Wieder nickte Ella. »Hhhhtt.«

»Hat? Was hat der Mann?«

Ella schüttelte den Kopf. »Hhhhhhauuut.«

»Was?«

»Hhhhauthhh!«

»Haut?«, fragte Helen tränenerstickt nach.

Ella nickte. Und starb.

»Bitte nicht«, flehte Helen, obwohl sie wusste, dass es bereits zu spät war. »Madre di Dio, perdonami… Es tut mir so leid! So leid!«, schluchzte sie.

»Helen!«, rief Davis. »Oh Gott!« Er war mit einem Satz bei ihr. »Helen, bist du verletzt?«

Sie hockte neben Ella Hensons Leiche auf dem Boden.

»Nein«, entgegnete sie abweisend. Mit der blutigen Hand wischte sie sich die Tränen aus dem Gesicht. Dann stand sie auf. Davis wollte ihr helfen, doch barsch wehrte sie ab: »Fass mich nicht an!«

Er sah die Tote an und schüttelte ungläubig den Kopf. Es war offensichtlich, was die brutale Ermordung von Ella Henson bedeutete.

»Helen«, begann er, »es tut mir leid. Ich …«

Mit einem Blick brachte sie ihn zum Schweigen. Traurig betrachtete sie die Tote. »Erzähl das ihr, Davis!« Sie lachte auf und es hallte falsch und bitter von den Wänden. »Oh, warte! Kannst du ja gar nicht mehr, denn sie ist ja tot!«

»Gottverdammt, Helen! Ich …«

Wieder warf sie ihm einen Blick zu. Und wieder verstummte er.

Sie trat mit geballten Fäusten zu ihm, als wolle sie ihn schlagen. Dann überlegte sie es sich anders, wandte sich schweigend ab und lief zum Ausgang.

»Wo willst du hin?«, fragte er besorgt.

Sie drehte sich müde um und sah ihn lange prüfend an. Sie hatte wieder Tränen in den Augen.

»Das geht dich nichts mehr an«, sagte sie schließlich und lief weiter.

»Was soll das heißen?«, rief er ihr nach.

Sie blieb stehen und seufzte. Langsam kam sie zurück, holte ihre Waffe und ihre Dienstmarke hervor und drückte beides Davis in die Hand.

Er sah sie verblüfft an. »Bist du jetzt vollkommen übergeschnappt?«, fragte er.

Helen lächelte traurig. »Fahr zur Hölle, Davis!«, sagte sie, wandte sich um und ging.

# Abwegig

Der Schmerz hatte Katherine belogen.

Als er sie in seine kalten Arme schloss, hatte er ihr versprochen, sie durch die Dunkelheit hindurch zu Danny zu führen. Und zu Richard.

Für Katherine war das Jenseits immer ein endlos weiter Strand mit warmem Sand, klarem Wasser und Sonnenschein gewesen. Dort würden die beiden auf sie warten. Mit Richards Hilfe würde Danny eine Sandburg für sie bauen. Und auf der breiten Anhöhe der Burg, zu Füßen der Mauer, würden die beiden aus Muscheln ein ›Willkommen zu Hause, Mum‹ in den Sand drücken.

Aber der Strand war verlassen. Sanfte Wellen umspülten ihre nackten Füße. Das Wasser war kalt.

»Danny?«, rief sie in die sandige Leere. »Rich?«

Doch sie waren nicht da.

Der Schmerz hatte gelogen.

Wie schon so oft.

Katherine schlug die Augen auf und erkannte die kahle Decke eines Krankenhauszimmers.

Fuck! Warum war sie denn nicht einfach gestorben?

»Kath?«, fragte ein Gesicht über ihr. Andys Gesicht.

Irgendwie wartete sie darauf, dass er sie anspuckte. Doch er blickte sie nur erleichtert und zugleich besorgt an.

Auch in diesem Punkt schien der Schmerz gelogen zu haben.

Andy. Lieber, guter, Andy.

Bei ihm hatte sie sich immer beschützt und sicher gefühlt. Sie hätte mit ihm wirklich glücklich werden können. Doch der Schmerz hatte das zu verhindern gewusst.

Und jetzt war er wieder hier. Bei ihr.

Und wieder fühlte sie sich beschützt und sicher.

»Hey«, begrüßte Andy sie.

»Hey«, antwortete sie.

Ihr war danach, etwas Dummes zu sagen. »Ich sehe bestimmt furchtbar aus.«

Andy streichelte ihr zärtlich die Wange. »Schon vergessen? Du bist ein Supermodel. Dich kann nichts entstellen.«

»Nicht mal das?«, fragte sie und streckte ihm einen ihrer bandagierten Unterarme entgegen.

Andy schluckte, nahm ihren Arm und küsste ihn sanft.

»Nicht einmal das«, sagte er. Dann runzelte er die Stirn. »Obwohl...«

»Obwohl, was?«, fragte sie.

Er lächelte. »Obwohl ich natürlich nicht ganz objektiv bin, was deine Schönheit angeht, Kath.«

Jetzt lächelte sie. »Ist das so?«

Er nickte.

»Das ist schön«, sagte sie und dachte: Er liebt mich noch immer. Und diese Erkenntnis berührte sie seltsam.

Er sah sie an.

»Warum hast du das getan?«, fragte er. Seine Stimme klang so ernst, dass Katherine ein wenig bange wurde. Typisch Andy. Er wollte den Dingen immer auf den Grund gehen. Doch was sollte sie ihm antworten?

»Ich schätze, ich wollte nur, dass alles vorbei ist«, sagte sie.

»Verstehe«, entgegnete er langsam und nickte wieder.

»Nein, Andy«, sagte sie und berührte seine Wange. »Du verstehst nicht.«

»Was meinst du damit?«

Sie schüttelte den Kopf. »Nicht jetzt. Dies ist nicht der richtige Zeitpunkt für die ganze Wahrheit, Andy. Gib mir Zeit.«

»Und wenn du doch gestorben wärst? Wie hätte ich dann diese Wahrheit erfahren?«

Ihre Augen füllten sich mit Tränen. »Ich bin noch hier, oder nicht?«, fragte sie und streichelte seine Hand.

Er ließ es zu und rückte näher zu ihr.

Ihre Lippen berührten sich schon beinahe, als die Tür geöffnet wurde und Jamie mit einem Blumenstrauß das Zimmer betrat.

»Oh!«, entfuhr es ihr und sie wurde rot. »Oh«, wiederholte sie. Dann verließ sie das Zimmer und schloss die Tür hinter sich. Dennoch konnten Katherine und Andy deutlich ein jubilierendes »Yes!« von draußen vernehmen.

Andy seufzte und vergrub sein Gesicht an Katherines Schulter.

»In etwa fünfzehn Minuten weiß ganz Easton Bescheid.« Katherine streichelte über sein Haar. Nach einer Weile sagte sie: »Und wäre das so schlimm?«

Er sah auf. »Nein. Ich meine nur…« Er lachte über sich selbst. »Nein!«

»Schön, dass du so denkst«, sagte sie und hob den Kopf, um ihn endlich zu küssen.

Ein Räuspern hinter ihnen hinderte sie daran.

Doch in der Tür stand nicht, wie erwartet, die neugierige Jamie, sondern Detective Helen Louisiani.

»Entschuldigen Sie die Störung«, sagte sie leise.

Sie sah furchtbar aus und blickte Katherine traurig an.

Diese verstand sofort. »Ella!«, flüsterte sie.

Andy fand Helen Louisiani auf den Stufen des Krankenhaushintereinganges sitzen. Sie rauchte. Andy setzte sich schweigend zu ihr.

Katherine war nach der Nachricht von Ellas Tod mit Weinkrämpfen zusammengebrochen. Erst nach einer hohen Dosis Beruhigungsmittel fasste sie sich wieder.

Andy wusste, dass man nicht den Überbringer einer schlechten Nachricht zur Verantwortung ziehen sollte, doch in diesem Moment hasste er Detective Louisiani zutiefst.

Zudem war er vollkommen durcheinander. Was war es, was sich da zwischen ihm und Kathy zu entwickeln begann? Er war sich über seine Gefühle zu ihr nicht im Klaren. Liebte er sie noch? Oder war das Ganze nur der Anflug einer Genugtuung, da Kathy wieder etwas für ihn zu empfinden schien? Er wusste es nicht. Er versuchte wieder an seinen Zorn auf Helen Louisiani zu denken.

»Also ist Katherine entlastet«, sagte er.

Helen entging sein verbitterter Ton nicht. »Ja, das ist sie. Staatsanwältin Risk hat den Haftbefehl zurückgezogen.«

»Und nun?«

»Keine Ahnung, Doktor Peterson. Fragen Sie jemand anderen. Ich bin draußen.«

»Ich verstehe nicht…«

»Ich habe den Dienst quittiert. Ich bin kein Detective mehr.«

»Weswegen? Wegen dieser Sache?«

Sie nickte. »Wegen dieser Sache.«

Andys Hass auf sie verrauchte so schnell wie der Qualm der Zigarette in ihrer Hand. »Das tut mir leid.«

»Muss es nicht.«

Andy überlegte. Dann sagte er: »Verstehe! Sie kneifen gern.«

»Wie bitte?«

»Sie schmeißen es hin. Also kneifen Sie gern.«

»Hätten Sie gesehen, was ich sah…« Sie brach mitten im Satz ab. »Gott, warum unterhalte ich mich eigentlich mit Ihnen? Sie waren nicht dabei.«

»Sprechen wir jetzt über die Morde? Oder darüber, dass Sie im World Trade Center verschüttet worden sind?«

Helens Gesicht wurde blass.

»Ich habe davon in der *New York Times* gelesen«, erklärte Andy. Das hatte er tatsächlich. Fran hatte ihm damals den Artikel gezeigt.

Helen Louisiani sah ihn an. »Sie verfickter Seelenklempner!«, zischte sie. »Ich habe auch über *Sie* gelesen, Doktor Peterson. Vielleicht sollten Sie sich lieber einmal selbst auf Ihre Couch legen. Oder sind Sie schon über den Tod Ihrer Frau hinweg?«

Andy schluckte leer. »Ein Punkt für Sie.«

»Was solls!« Helen stand auf, zertrat die Zigarette mit dem Absatz und wollte gehen.

»Detective! Miss Louisiani! Warten Sie!«

Sie fuhr herum. »Was? Wollen Sie mir jetzt die Sitzung berechnen?«

»Nein! Ich möchte, dass Sie mir helfen.«

»Warum sollte ich?«

»Weil ich Sie darum bitte. Da draußen ist ein Serienkiller, auf dessen Todesliste höchstwahrscheinlich Katherine als nächstes steht. Helfen Sie mir, diesen Mistkerl zu schnappen.«

»Ich soll Ihnen helfen?« Sie schüttelte den Kopf. »Es tut mir leid. Ich kann nicht.« Sie wandte sich zum Gehen.

»Ich weiß, ich verlange eine ganze Menge!« Er seufzte. »In Ordnung. Aber bedenken Sie: Wenn Sie es schon nicht für Katherine oder für mich tun, dann tun Sie es wenigstens für sich selbst.«

»Für mich! Ich soll es für mich tun?«

»Ganz genau!« Einen Augenblick lang glaubte Andy, dass sie seinen Vorschlag wenigstens in Erwägung ziehen würde. Doch dann wurde ihr Blick wieder hart und er kannte ihre Antwort bereits, bevor sie sie aussprach: »Vergessen Sie es!«

Sie erhob sich, ließ ihn auf der Treppe sitzen und lief davon.

Der Bourbon rann in einer brennenden Schneise ihre Kehle hinab.

*O'Reilleys Pub* war die inoffizielle Dienststelle des Reviers. Nach Dienstschluss hatte Helen hier schon oft mit ihren Kollegen die Schicht ausklingen lassen.

Hier hatte sie sich auch damals in Rico verliebt. Sie schob die Schuld später dem Alkohol zu. Doch wenn sie ehrlich war, musste sie zugeben, dass sie an diesem Abend vollkommen nüchtern gewesen war, da sie am nächsten Morgen Dienst hatte.

Nein, sie hatte sich im Vollbesitz ihrer geistigen Kräfte in die Affäre mit Rico Mendez gestürzt. Sie war auch nicht liebestrunken gewesen. Rico war der Richtige, der Einzige, der Wahre.

Oder wohl doch nicht, denn jetzt war er tot.

Und sie war es nun auch.

Bei ihr hatte es nur ein wenig länger gedauert. Fünf lange Jahre wandelte sie als lebende Tote durch diese Welt, machte ihr und sich selbst vor, dass sie mit dem Tod von Mendez klarkommen würde.

*Tja, Welt. Dem ist nicht so. Helen Louisiani streicht die Segel.*

»Noch einen!«, orderte sie. Sie lallte schon ein wenig.

Hand, Glas, Mund.

Schluck, Schärfe, Feuerschneise.

Das Leben konnte so einfach sein.

Sie stellte das leere Glas wieder hin und starrte auf den Tresen. Ihre Dienstmarke und ihre Waffe lagen dort.

Wie kamen denn die da hin?

Dümmlich betrachtete sie diese Relikte ihres untoten Lebens, drehte langsam den Kopf und bemerkte Davis, der neben ihr auf dem Hocker saß. Mit einem Nicken deutete sie auf die Sachen.

»Was soll das?«, fragte sie.

»Was glaubst du?«, entgegnete er.

Sie schwieg, ließ ihn zappeln.

Er seufzte. »Ich möchte mich entschuldigen, Helen.« Er quetschte es geradezu zwischen den Zähnen hervor.

»So? Willst du das?«

»Ich habe mich geirrt, okay? Verdammt, alle haben sich geirrt. Das ist es doch, was du hören willst!«

»Falsch! Ich möchte hören, dass es Ella Henson gut geht. Das ihr kein Haar gekrümmt wurde.«

»Du weißt selbst am besten, dass es nicht so ist.«

»Siehst du! Du sagst doch immer, ich setze jedes Mal meinen Kopf durch. Doch nun auf einmal nicht mehr. Deswegen bin ich draußen.«

»Komm schon, Helen. Lass uns den Bastard festnageln.«

»Leck mich.«

»Wenn es dir dabei hilft, okay!«

Helen sah ihn an und musste lachen.

»Ich schaff das nicht allein!«, fuhr er fort.

Helen unterdrückte die Tränen. »Ich auch nicht.«

»Aber du bist nicht allein, Helen.«

»Fuck!«, sagte sie. Gleich würde sie heulen.

»*Soweit* gehe ich dann doch nicht«, entgegnete er und machte ein empörtes Gesicht. »Ich bin schließlich verheiratet.«

Wieder musste sie lachen.

Dann brach es heraus. Sie schluchzte.

Davis nahm sie ihn den Arm und wiegte sie sanft hin und her.

»Schon gut. Schon gut, Partner.«

Als Katherine aus ihrem tiefen Schlaf erwachte, saß Andy wieder an ihrem Bett.

»Hi«, begrüßte er sie.

»Hi.«

Sie spürte, wie die Trauer erneut in ihr heraufstieg, wie tiefes, dunkles Wasser in einem Brunnen.

Ella war tot. Ermordet worden wie all die anderen.

Wie Mia.

Und erst jetzt, in diesem Augenblick, wurde ihr plötzlich in aller Endgültigkeit klar, was das bedeutete.

*Oh Gott, Dad hatte recht. Ich bin die Nächste.*

Andy schien ihre Gedanken zu erraten.

»Ich werde mich darum kümmern«, sagte er mit einer Ernsthaftigkeit, die sie fast amüsierte.

Sie berührte seine Hand. »Nicht«, sagte sie.

»Was meinst du damit?«, fragte er.

»Bitte sag nicht solche Sätze. Mein Vater sagt solche Sätze. Zu dir passen sie nicht.«

»Aber ich...«

Sie gab ihm einen schnellen Kuss auf die Wange. »Bleib einfach bei mir, okay?«

»Okay.«

Dann küssten sie sich.

Es war das erste Mal seit siebzehn Jahren und eine seltsame Vertrautheit breitete sich in diesem Augenblick zwischen ihnen aus. Und obwohl er wusste, dass es sehr klischeehaft war, musste Andy an einen guten Wein denken. So schmeckte der Kuss. Wie ein guter Wein. Ihre Zungen begegneten sich und umspielten einander. Es fehlte die unbeholfene, ungestüme Hektik der Jugend, doch ansonsten war es wie früher.

Für Katherine schloss sich ein Kreis. Sie war wieder dort gelandet, wo sie einmal abgehoben hatte und in die Fänge des Schmerzes geraten war.

Sie genossen den Moment, und das war gut so, denn es sollte der Letzte für eine ganze Zeit bleiben.

Katherine erwartete, seine Hände zu spüren, doch Andy zog sich zurück. Sie öffnete wieder die Augen.

»Wow«, sagte er leise und sie musste kichern.

Sie fühlte sich genau so aufgeregt wie damals, als sie auf der Couch ihrer Eltern rumgemacht hatten.

Sie sah ihn an. »Gott, ich möchte gern ein paar unanständige Dinge mit dir tun, Doktor Peterson.«

»Aber nicht jetzt. Und nicht hier«, sagte er.

»Also gut.« Sie zögerte, bevor sie sagte: »Ich habe dich wirklich gern, Andy. Das glaubst du mir doch, oder?«

»Ja, das glaube ich dir.«

»Hast du mit der Polizistin geredet?«

»Sie hat den Dienst quittiert.«

»Weil sie Ella nicht retten konnte?«

Er nickte.

Kathy schien zu überlegen.

»Was?«, fragte er.

»Oh Gott!«, rief Katherine.

»Was ist?«

Sie sah ihn erschrocken an. »Ich glaube, der Killer hat mich schon mal angerufen.«

Helen stolperte in ihre Wohnung.

Sie tastete nach dem Lichtschalter, fand ihn aber nicht. Davis hatte angeboten, sie zu begleiten, doch sie winkte ab. Sie hatten beide zuviel getrunken und Helen befürchtete, dass es an ihrer Tür zu dem unvermeidlichen Kuss kommen würde. Und da sie nicht nüchtern war, wäre es ganz bestimmt nicht nur dabei geblieben. Und dann hätte sie mit Davis in demselben Schlamassel gesteckt wie damals mit Rico.

*Been there, done that.*

Vielleicht sollte sie das als ihr Motto auf T-Shirts drucken lassen.

Zwei schmale, leuchtende Augen maunzten sie vorwurfsvoll an.

»Hey, Columbus«, begrüßte sie ihren Kater knapp.

Er miaute noch einmal, dann ging er wieder seiner Wege. Tja, sie hatte es auch nicht anders verdient.

Noch immer suchte sie nach dem verdammten Lichtschalter, als das Telefon klingelte.

Das war bestimmt Davis, der noch mit rauf kommen wollte.

*No way, darling!*

Sie überlegte, es klingeln zu lassen, doch dann würde sich der Anrufbeantworter einschalten, sie würde Davis' Stimme hören, vielleicht würde er ein bisschen betteln – und sie würde womöglich schwach werden.

Ziemlich vertrackte Situation.

Nahm sie jedoch ab, bestand zumindest die Chance, dass sie sich in Rage redete und Davis sich besann, auf was er sich da mit ihr einlassen würde.

»Verdammt!«, fluchte sie. Wie konnte er erwarten, dass sie in diesem Zustand ein vernünftiges Gespräch führen würde? Aber wahrscheinlich wollte er das gar nicht. Er wollte sie sicher nur flachlegen. Sie überlegte angestrengt, wann sie das letzte Mal flach gelegt worden war. Es fiel ihr nicht ein.

»Verdammt!«, sagte sie wieder und ging an den Apparat.

»Davis, hör zu …« begann sie. Sie wollte ihm so schnell wie möglich den Wind aus den Segeln nehmen. Dann würde sie ihn beleidigen und die ganze Sache wäre vom Tisch.

»Miss Louisiani?«, fragte eine fremde Männerstimme.

»Häh?« Etwas Intelligenteres fiel ihr nach dem Zusammenbruch ihres so minutiös errichteten Denkgebäudes nicht ein.

»Hier ist Doktor Peterson. Der Freund von Katherine Williams.«

»Aha!«, entgegnete Helen.

»Haben Sie getrunken?«, fragte er.

»Sind Sie meine Mutter?«, knurrte Helen.

»Nein, natürlich nicht.«

»Na eben! Also, what's up, Doc?« Sie fand die Frage ziemlich witzig.

»Vielleicht sollte ich später anrufen«, sagte Peterson.

»Schießen Sie schon los, Doc!«

»Ich wollte Sie bitten, mich morgen zur Columbia University zu begleiten. Ich habe ein wenig recherchiert und … Jedenfalls glaube ich, kann uns mein alter Professor vielleicht bei dem Fall weiter helfen.«

»Hatte ich Ihnen nicht gesagt, ich sei draußen? Wenden Sie sich an meinen Kollegen Davis.«

›Tja, mit dem habe ich gerade gesprochen. Er sagt, Sie seien wieder drin, Sie wüssten es nur noch nicht.«

*Davis, du Mistkerl.*

»Nun, wenn das mein Kollege sagt, dann muss es wohl stimmen, Doktor Peterson.« Sie musste kichern.

»Ich danke Ihnen, Detective.«

»Columbia, sagten Sie?«

»Genau. Die Columbia. Psychologische Fakultät, Professor Umbridge.« Er legte auf.

Helen wanke ins Schlafzimmer und schlüpfte aus ihren Schuhen.

»Was für ein Scheißtag!«, sagte sie.

Dann fiel sie auf ihr Bett und gleich darauf in einen tiefen, traumlosen Schlaf.

# Abgang

Für Professor Erich Wynter war der Tag nicht besonders gut verlaufen.

Zunächst hatte es so ausgesehen, als ob Katherine Williams für die Serienmorde verantwortlich gewesen sei.

Schlimm genug.

Doch nun hatte sich herausgestellt, dass das Morden weiter ging. Ella Hensons Tod schlug dem Professor auf seinen empfindlichen Magen. Denn das bedeutete, dass er, Professor Wynter, nun mit einer an Sicherheit grenzenden Wahrscheinlichkeit *wusste*, wer für diese Morde verantwortlich war.

Und das war wirklich schlimm. Sehr, sehr schlimm!

Er schloss die Schublade seines ausladenden Schreibtisches auf. Nur eine einzige Akte befand sich darin. Er holte sie heraus und mehr aus Gewohnheit als aus Notwendigkeit verschloss er die leere Schublade wieder.

Er betrachtete die Akte kurz – er las nicht einmal mehr den Namen, denn diesen kannte er auswendig – und warf sie in den Papierkorb. Dann goss er den Rest seines Bourbons darüber, zündete das Ganze an und sah zu, wie das belastende Machwerk ein Opfer der Flammen wurde.

Rauch stieg empor. Wynters Blicke verfolgten seinen Weg, dabei bemerkte er den Rauchmelder an der Decke.

Den hatte er ganz vergessen!

Und tatsächlich: Bevor er sich besann, ging der Feueralarm los. Zum Glück gab es im Haus keine Sprinkleranlage. Es war nur ein akustisches Signal, damit man im Schlaf nicht erstickte, sollte es wirklich mal brennen.

Erbost über seine eigene Dummheit öffnete er die gläserne Verandatür, stellte den Papierkorb mit der noch brennenden Akte hinaus und entließ den Rauch in die Nacht.

Endlich verstummte auch der Alarm.

Wynter atmete durch. Nachdem er sich vergewisserte, dass die Flammen aus dem Papierkorb nicht auf die Sträucher oder auf den Rasen übersprangen, schloss er die Verandatür wieder. Als er sich umdrehte, bemerkte er, dass jemand in seinem Stuhl saß.

»Ich hätte nie gedacht, dass Sie der Typ sind, der gern mit Streichhölzern spielt, Professor«, sagte der Jemand.

Oh, mein Gott, dachte Wynter, als er in das entstellte und bestialisch stinkende Antlitz seiner Schöpfung starrte. Er kam sich wie Viktor Frankenstein vor, der unangemeldeten Besuch seiner grauenhaften Kreatur erhielt.

*Was habe ich nur getan…*

Die Jemand-Kreatur grinste und ließ ein Rasiermesser im Schein der Flammen aufblitzen. »Wollen wir dann beginnen, Professor?«, sagte sie und stand auf.

Leonard Johnson parkte den Wagen einen Block von der Villa des Professors entfernt und ging zu Fuß weiter. Schon nach einigen Metern raste heulend ein Löschzug des Georgetown Fire Departments an ihm vorbei.

Etwas war passiert.

Johnson wusste: Wynter war tot.

Es war genau diese fast unfehlbare Intuition, wegen welcher ihn Senator Williams und andere mächtige Männer – und auch Frauen – so schätzten. Er überlegte einen Augenblick, ob er die Waffe mit Schalldämpfer im Wagen zurücklassen sollte, doch er entschied sich dagegen und lief weiter, als er die Explosion hörte.

Die Villa brannte lichterloh.

Die Explosion wurde wohl durch undichte Gasleitungen verursacht. Mehrere Löschzüge versuchten, der Flammen Herr zu werden. Vergebens. Mit einem knirschenden Ächzen stürzte das Dach des einst so prächtigen Gebäudes ein. Der zuständige Leiter des Löscheinsatzes rief seine Männer zurück. Die Villa und ihre vermutlichen Bewohner waren verloren. Jetzt kümmerte man sich nur darum, dass sich das Feuer nicht ausbreitete.

Die Polizei war bereits ebenfalls vor Ort. Ohne jede Scheu ging Johnson zu einem der Polizisten und zückte eine Dienstmarke, von denen er eine stattliche Sammlung in unzähligen Variationen besaß.

Heute Nacht war er beim Secret Service.

»Sind Sie Johnson?«, fragte der junge Polizist.

Er nickte. »Scheint so, als kämen wir zu spät.«

»Wer hat Sie darüber informiert, dass der Professor sich umbringen will?«, fragte der Polizist.

»Mein Chef!«, sagte Johnson.

Der Polizist zückte Papier und Bleistift, um den Namen zu notieren.

Johnson schüttelte den Kopf. »Nein, Sie verstehen nicht. Ich meine *den* Chef…«

Der Polizist schien immer noch nicht zu begreifen.

»Der Präsident.«

»Oh!«, sagte der Polizist und steckte seinen Notizblock wieder ein. Als er wieder hoch sah, war Johnson bereits verschwunden.

Die Präsidentenkarte zog immer.

Der Polizist sah sich um und wartete noch ein Weilchen. Erst als er ganz sicher sein konnte, dass der Agent außer Sichtweite war, erschien auf seinem Gesicht ein Grinsen.

Dieser Secret Service Idiot hatte ihn tatsächlich für einen Deputy gehalten! Und das alles nur aufgrund der Uniform! Egal, was der Typ sich auch einbildete: Von jemandem wie *ihm*, der die Kunst der Täuschung so perfekt beherrschte, konnte jeder genarrt werden.

Er lief zu seinem etwas abseits des Trubels stehenden Mietwagen und entledigte sich der Uniform. Dann setzte er sich zufrieden hinter das Steuer und fuhr los.

Alles lief bisher nach Plan.

Es schmerzte ihn, dass diese unfähige Louisiani und ihr einfältiger Partner Katherine für *seine* Taten verantwortlich machen wollten. Ella Henson hätte so oder so sterben müssen! Nun ja, wegen ihres Makels hatte ihr Tod nur noch dazu getaugt, Katherine zu entlasten.

Auch Wynters Tod hatte nicht dazu gedient, dem Ritus zu folgen. Doch für den großen Plan war er wichtig gewesen.

Jetzt blieb nur noch die Göttin selbst übrig.

Er konnte kaum erwarten, was sie zu dem Geschenk, das er ihr machen wollte, sagen würde.

Falls sie dann noch sprechen konnte, natürlich.

Er stellte sich vor, wie er seine Zähne in Katherine Williams' frisches, hilflos pumpendes Herz grabe und es überkam ihn ein wohliger Schauer der Vorfreude.

# 4. Die Göttin

*»Avec mes souvenirs j`ai allumé le feu«*
*Edith Piaf, 1960*

# Diesseits

Die Fakultät für klinische Psychologie der Columbia University lag am nördlichen Ende des Campus, im Teachers College an der 120. Straße.

Helen, deren letzte Berührung mit der akademischen Welt die National Academy des F.B.I. in Quantico war, schob sich mit einer gewissen Verwunderung an Studentinnen und Studenten vorbei, deren Kleiderstil von lässig über aufreizend bis schockierend reichte.

Hatte sie nicht irgendwo von einer Rückbesinnung der Jugend auf traditionelle Werte gelesen? Nun hier zumindest konnte Helen diese Entwicklung nicht feststellen.

Ihr grauste es bei dem Gedanken, dass diese zum Teil unangenehm riechenden, zerzausten Gestalten einmal Gehirnhygiene betreiben sollten.

Ein Riese, der bestimmt Basketball als Unisport betrieb, rempelte sie an. Er sah zu ihr hinab und Helen fühlte sich in das Märchen mit der Bohnenranke hineinversetzt.

»Sorry, Lady«, sagte der Riese und stapfte weiter.

Sie wollte ihn gerade mit einem deftigen italienischen Fluch belegen, als ihr einfiel, dass die Wahrscheinlichkeit ziemlich hoch war, dass man sie hier vielleicht verstehen würde.

»Detective? Hier drüben!«, rief Doktor Peterson vom Ende des Gangs. Er stand neben einem älteren, freundlich dreinblickenden Herrn mit weißem Haar und stahlblauen Augen. Das musste Professor Umbridge sein.

Helen durchschritt furchtlos den Wald der Riesen und schüttelte den beiden Männern die Hand, nachdem Peterson sie vorgestellt hatte.

»Stört es Sie?«, fragte Umbridge, als er seine Pfeife mit etwas zu stopfen begann, das Helen an das herausgewürgte Gewölle von Columbus erinnerte.

»Nope«, sagte sie.

Umbridge zündete den Tabak an und warf das Streichholz in einen Aschenbecher in Form eines Totenkopfs.

Er bemerkte Helens Blick und erklärte: »Ist ein Geschenk meiner ersten Frau.«

»Sie hat Geschmack«, sagte Helen trocken.

Umbridge tat so, als müsse er über diese Aussage nachdenken und schüttelte dann den Kopf. »Nein. Eigentlich hatte sie überhaupt keinen.«

Helen musste lachen. Das Eis war gebrochen.

»So», sagte Umbridge schließlich, »Sie versuchen also diesem Schweinepriester das Handwerk zu legen! Verzeihen Sie meine Ausdrucksweise! Obwohl ich ein wenig von der menschlichen Psyche verstehe, kann ich die Handlungen eines Individuums mit solch gestörter Persönlichkeitsstruktur nicht entschuldigen.«

Helen mochte diesen Mann.

»Wie sieht denn Ihrer Meinung nach das Profil des Täters aus?«, fragte Umbridge und blies einen Schwall wohlriechenden Rauchs aus.

Helen räusperte sich. »Na gut! Fünfundzwanzig bis fünfunddreißig Jahre alt. Akademiker.« Sie skizzierte das Profil, genau so, wie sie es vor einigen Tagen Philips gegenüber tat. Umbridge lauschte Helens kurzem Vortrag und als sie endete, fragte er: »Sie waren an der National Academy, richtig?«

»Ja«, antwortete Helen. Sie verstand nicht ganz, was Umbridge damit meinte.

Er sah sie an. »Merkt man.«

Aha, dachte sie misstrauisch.

Doch Umbridge rettete sich gerade noch. »Das meine ich als Kompliment.«

»So?«

»Die New Yorker Polizei kann froh sein, jemanden mit Ihrem Scharfsinn und empathischen Fähigkeiten in ihren Reihen zu wissen.«

Dieses Lob sollte sie wohl milde stimmen, aber Helen hatte einen Kater und wenig Schlaf.

»Sie glauben also, das Profil ergänzen zu können, Professor Umbridge?«, fragte sie etwas säuerlich.

Er hob verdutzt die buschigen Brauen. »Glauben Sie etwa, ich spreche mit Ihnen, um an Ihnen herumzumäkeln?« Umbridge sah von ihr zu Peterson. »Andy, was haben Sie ihr erzählt?«

»Eigentlich so gut wie nichts«, sagte Peterson ein wenig verlegen.

»Dann bitte ich Sie um Entschuldigung, Detective Louisiani. Ich will mich keineswegs in Ihre Ermittlungen einmischen.«

»Worum geht es dann?«

»Nun, ich habe neulich einen Kongress in Baltimore besucht und ein dortiger Kollege, Professor Talbot, hat mir von einem seiner ehemaligen Studenten berichtet. Anscheinend ein ziemlich begabter Bursche. Nur leider auch, laut Aussage meines geschätzten Kollegen, vollkommen plemplem.«

»Ist ›plemplem‹ eine exakte psychologische Bezeichnung?«

Umbridge stieß genussvoll ein wenig Rauch aus. »Wie würden Sie jemanden bezeichnen, der mehrere seiner Kommilitoninnen brutal vergewaltigt und ihnen dann die Kehle durchgeschnitten hatte, Detective?«

»Aber das Vorgehen dieses Studenten passt nicht zum Profil unseres Killers«, sagte Helen.

Professor Umbridge nickte. »Sie sind eine ungeduldige Frau, Miss Louisiani. Bitte, seien Sie etwas nachsichtiger einem alten Mann gegenüber.« Er zog an seiner Pfeife, merkte, dass sie erloschen war und zündete sie in aller Ruhe wieder an. Helen rutschte unruhig auf ihrem Stuhl hin und her.

»Hier«, sagte Umbridge. »Die Semesterarbeit dieses Jungen. Talbot hat sie mir heute zugefaxt.«

»Fruchtbarkeitsriten der Azteken?«

»Präkolumbianische Kulturen waren Parker Daleys Hauptfach.«

»Und dieser Parker Daley soll der Catwalk-Killer sein?«

»Die Seite mit dem Post-It.«

Helen schlug die Seite mit dem gelben Klebezettel auf. Sie verstand schon die Überschrift nicht. »Xipe Totec? Was ist denn das?«

»Lesen Sie einfach.«

Helen seufzte und begann zu lesen. Als sie fertig war, erstarrte sie. »Oh, mein Gott! Das ist unser Mann!«

Der Professor nickte.

»Xipe Totec war ein aztekischer Gott, richtig?«, fragte Andy.

»Richtig. Xipe Totec war der Gott der Erneuerung und des Frühlings. Man bat ihn, den Boden zu erneuern und fruchtbar zu machen, damit die Ernte ertragreich werde.«

»Und wie?«

»Wenn es stimmt, was Parker Daley in seiner Arbeit schreibt, dann wurden Xipe Totec Menschenopfer gebracht. Es musste ein grausames Ritual sein. Den Opfern wurde die Haut abgezogen.«

»Mein Gott!«

»Religionen schaffen es wirklich immer wieder, dass der Mensch über sich hinauswächst, nicht wahr?«

»Ich bin Katholikin«, warf Helen ein.

»Mein Beileid«, entgegnete Umbridge trocken.

»Katholiken opfern keine Menschen.«

»Oh, ich denke, zahlreiche Hebammen und Heilerinnen im guten alten Europa des Mittelalters würden Ihnen da widersprechen.«

»Schweifen wir jetzt nicht ein wenig ab?«, fragte Andy, bemüht die Situation zu entschärfen.

»Natürlich. Verzeihen Sie!« Umbridge lächelte. »Wo waren wir? Ach ja, die Häutungen! Nun, ich bin kein Experte auf diesem Gebiet, aber es ist ja offensichtlich, worum es Parker Daley dabei geht.« Er sah Andy und Helen an.

Andy zuckte mit den Achseln.

»Erneuerung!«, flüsterte Helen.

»Ganz genau. Der Hohepriester trug die Haut des Opfers, bis diese verrottete. Aus ihr entstieg er dann als ein erneuerter, junger Mann mit makelloser Haut. Ganz so wie eine Schlange, die aus ihrer alten Haut schlüpft. Oder frische Triebe, die aus den verrottenden Hüllen keimen.«

»Aber warum glaubt Parker Daley, sich erneuern zu müssen?«, fragte Andy.

»Das erfahren wir erst, wenn wir ihn haben!«, entgegnete Helen grimmig.

»Da gibt es nur ein kleines Problem«, sagte Umbridge.

»Und das wäre?«

»Parker Daley wurde wegen dreifachen Mordes und Vergewaltigung zu einer lebenslangen Haft verurteilt und saß bis vor einem Jahr im Wallens Ridge Staatsgefängnis in Virginia.«

»Er ist tot?«

»Ich fürchte ja. Er wurde von einem Mithäftling getötet. Dieser starb ein wenig später an den schweren Verletzungen, die Daley ihm zufügte, bevor er selbst den letzten Atemzug tat. Also haben wir es bei Ihrem Killer wohl mit einem Geist zu tun.«

»Meinen Sie das ernst?« Helen sah ihn verständnislos an.

»Selbstverständlich nicht! Geister und Ghule töten keine Menschen. Obwohl ja in New Mexico neuerdings Dämonen und Werwölfe herumlaufen, wenn man einem Schmierenblatt wie dem *National Inquisitor* glauben schenken darf. Nein, *Menschen* töten Menschen! Und wenn Sie und ich unsere Sache während der Ausbildung nur halbwegs gut gemacht haben, dann können wir hundertprozentig sicher sein, dass Parker Daley der Catwalk-Killer ist.«

»Aber er ist doch tot! Sie müssen sich irren! Parker Daley kann nicht der Killer sein!«

»Vielleicht hat er sich erneuert. Und das nicht zum ersten Mal«, sagte Umbridge geheimnisvoll.

»Sie glauben doch nicht allen Ernstes, dass Daley durch diese alten Aztekenrituale von den Toten auferstanden ist?« Helen verdrehte die Augen. Ihre anfängliche Sympathie für den Professor war verflogen.

»Ich glaube gar nichts, Detective Louisiani. Das müssten Sie doch mittlerweile mitbekommen haben. *Sie* sind hier die Katholikin. Glauben Sie, dass ein junger Mann vor zweitausend Jahren eine Kreuzigung überlebt hat? Dann sollten Sie vielleicht auch daran glauben, dass es jemand wieder schaffen kann.«

»Okay. Ich fahre nach Baltimore, spreche mit diesem Talbot und versuche bei der Universitätsverwaltung ein wenig mehr über diesen Daley herauszufinden«, mischte sich Andy ein.

Helen sah ihn überrascht an. »Gut. Dann werde ich mir wohl mal das Gefängnis in Virginia vornehmen, in dem Daley inhaftiert war.«

Nachdem sie sich von Umbridge verabschiedet hatten, hielt Helen Andy zurück.

»Doktor Peterson, warten Sie…«

»Ja?«, fragte Andy.

Helen deutete mit dem Daumen in Richtung Umbridges Büro. »Reizender Kerl, dieser Professor.«

»Versuchen Sie erst einmal, bei ihm einen Abschluss zu machen, dann dreht er erst auf, glauben Sie mir.«

»Egal! Themenwechsel!« Sie räusperte sich. »Ich muss mich bei Ihnen entschuldigen.«

»Wofür?«

»Wenn Sie *das* nicht wissen, nehme ich die Entschuldigung wieder zurück.«

»Ich glaube, Entschuldigungen kann man nicht so einfach zurücknehmen.« Andy lachte.

Sie hielt ihm die ausgestreckte Hand hin.

Verwirrt drückte er sie.

»Helen«, sagte sie.

»Andy«, antwortete er, ein wenig überrumpelt.

»Gut!«, sagte Helen. »Dann wäre das jetzt auch geklärt!«

Mit diesen Worten ließ sie ihn auf dem Korridor zurück, zwischen all den ungepflegten Riesen, die unterwegs zu neuen Veranstaltungen waren.

»Sind Sie auf der Durchreise oder machen Sie Urlaub in unserem schönen Städtchen?«, fragte die *Barista*. Sie war fett, hatte kleine Augen und glich einem Schwein.

Er lächelte sie übertrieben fröhlich an und fand es tatsächlich irgendwie amüsant, dass man eine Frau, die hinter einer großen, glänzenden Kaffeemaschine in einem Café stand, *Barista* nannte.

»Nein, ich werde wohl eine Weile in Ihrem Städtchen bleiben«, entgegnete er und dachte bei sich: Geheiligte Katherine, unter welch menschlichem Abschaum musst du hier leben!

»Geschäftlich oder zur Erholung?«, fragte das Schwein. Es fehlten nur noch das Quieken und Grunzen, um das Bild perfekt zu machen.

»Ich besuche eine gute Freundin«, antwortete er.

»Oh!«, sagte die *Barista* enttäuscht und reichte ihm einen Becher.

White Choclate Mocca.

Schließlich musste man seine Beute studieren.

Als er ausgetrunken hatte, setzte er sich auf die Stufen des kleinen Pavillons und beobachtete die kreisenden Möwen am Himmel.

Eine schöne Stadt, Katherine, dachte er. Nein. Ein schönes Städtchen.

Er lachte, laut und herzlich, und war sich sicher, dass die Frau, die gerade vorbei lief und zu ihm sah, dachte: Was für ein nettes Lachen. Es sollte mehr Menschen mit so einem Lachen geben.

Als Katherine sich an diesem Vormittag selbst entließ, hatte sie sich ganz gut gefühlt. Irgendwie gelang es ihr durch einen der Nebeneingänge zu schlüpfen und der lauernden Meute der Reporter zu entgehen.

In einem Souvenirshop kaufte sie sich eine große Sonnenbrille. Sie war ungeschminkt, trug ihre Haare zu einem Pferdeschwanz zusammengebunden. Dank dieser unauffälligen Erscheinung schaffte sie es, unbemerkt die Praxis von Andy zu erreichen. Eigentlich wollte er sie abholen und hatte sie gebeten, ihm Bescheid zu geben, wann sie entlassen wurde, doch sie wollte ihn überraschen.

Jamie machte große Augen, als Katherine mitten in der Praxis vor ihr stand.

»Miss Williams«, sagte sie verblüfft.

»Ich möchte zu Andy. Ist er da?« Katherine schielte ungeduldig über Jamies Schulter.

»Wollte er Sie nicht abholen?«

»Doch! Aber ich meinte, ich überrasche ihn lieber.«

»Oh!«, sagte Jamie.

»Oh?«, fragte Katherine.

»Er ist nicht da. Er ist New York. Und eben hat er mir mitgeteilt, dass er von dort aus weiter nach Baltimore fährt.«

Nun war es an Kathy, wieder »Oh« zu sagen.

»Miss Williams?«, fragte Jamie.

»Ja?«

»Ich möchte Ihnen sagen, dass es mir sehr leid tut, was Ihnen widerfahren ist.« Das »sehr« zog sie unglaublich in die Länge.

»Danke, Jamie. Das ist nett von Ihnen.«

Jamie zögerte.

Katherine konnte sich denken, warum. »Sie möchten gern wissen, ob Andy und ich zusammen sind, richtig?«

Jamie nickte heftig.

»Ehrlich gesagt, weiß ich das selbst noch nicht…«

»Lieben Sie ihn?«, fragte Jamie.

»Lieben?«, fragte Katherine sich laut. Diese Frage stellte sie sich auch zum ersten Mal. Liebte sie Andy?

Darauf gab es eigentlich nur eine überraschend klare Antwort: Ja.

»Ich glaube schon«, antwortete sie.

»Dann ist doch alles klar«, sagte Jamie gelassen, als wäre dies die selbstverständlichste Sache der Welt.

Vielleicht ist es ja wirklich so einfach, dachte Katherine.

All die Jahre war es wirklich einfach gewesen und der Schmerz hatte ihr nur etwas vorgemacht.

»Wahrscheinlich haben Sie recht«, sagte sie daher leise zu Jamie und wandte sich zum Gehen. Doch dann hielt sie inne. Sie hatte es zwar geschafft, in Andys Büro zu kommen, sich aber nicht überlegt, wie sie von dort zu ihrem Anwesen gelangen sollte.

*Schlau, wirklich schlau, Miss Williams.*

»Jamie, ich glaube, ich habe ein kleines Problem…«

Jamies Augen weiteten sich. Die große Katherine Williams bat sie um einen Gefallen!

»Wie kann ich behilflich sein?«, fragte sie aufgeregt.

Zu dumm, dachte er.

Das Rollyston Anwesen war von der Presse belagert wie eine mittelalterliche Festung. Unmöglich, dort unbemerkt hineinzukommen.

Er wollte mit dem Mietwagen bereits umkehren, als er am Straßenrand einen geparkten UPS-Wagen entdeckte.

Er sah auf die Uhr. Wahrscheinlich machte der Fahrer des Wagens gerade eine Mittagspause.

Er grinste.

In seinem Kopf formte sich ein erster Plan. Er hielt ein Stück weit vom Lieferwagen entfernt, öffnete den Kofferraum seines Autos und begann sich umzuziehen.

Gott sei Dank hatte er an seinen guten Anzug gedacht.

Andy war auf halbem Weg nach Baltimore, als sein Handy klingelte.

»Ja?«, meldete er sich.

»Hi, Andy, ich bins«, sagte Katherine am anderen Ende der Leitung. Ihre Stimme klang ein wenig gedämpft.

»Wo bist du?«, fragte er.

»In Jamies Kofferraum.«

»Wo?«

»Jamie schmuggelt mich in ihrem Wagen aufs Anwesen.«

»Kath…«

»Keine Sorge, Andy. Ich bekomme genug Luft. Und so wie es sich anhört, sind wir… da… Moment… Hörst… mich?«

»Kathy?«

Die Verbindung brach ab.

Andy seufzte und legte auf. Er war ein wenig verärgert. Warum konnte sie nicht einen Tag warten?

An einer kleinen, unbedeutenden Ecke seines Vertrauens setzte der Zweifel seine flinken Nagerzähne an. Würde es dieses Mal anders sein? Oder würde Katherines Sprunghaftigkeit letztendlich wieder dazu führen, dass die Beziehung scheiterte?

Aber das war nicht die Frage, nicht wahr? Die eigentliche Frage betraf seine Gefühle zu Katherine.

Liebte er sie? Liebte er sie wirklich?

Statt zu antworten, seufzte er und fuhr weiter.

Nach etwa fünf Stunden Fahrt machte Helen kurz Rast.

Einen sehr nötigen Toilettengang, ein fades Sandwich und einen Eistee später fuhr sie wieder auf die Interstate.

Plötzlich wurde der Innenraum ihres Wagens von einem hellen Lichtschein durchflutet.

Auf den Blitz folgte sofort der Donner.

Helen zuckte zusammen. Sie fuhr dem Fahrer des Trucks hinter ihr wohl zu langsam. Er schaltete die Scheinwerfer ein und hupte zusätzlich. Endlich überholte er und Helen beobachtete die riesige Seitenwand des Anhängers, die behäbig wie ein Wal an ihr vorbeizog.

Das Nummernschild des Trucks sagte alles über den Mann am Steuer: BAD2BONE.

»Reizend«, murmelte Helen. »Bad to bone! Böse bis auf die Knochen! Ein echter Spaßvogel!« Das Wortspiel erinnerte sie an etwas. Woran aber? Sie fixierte weiter das Nummernschild. Buchstaben, die aussahen, als ob sie zufälligerweise in dieser Reihenfolge standen und doch einen Sinn ergaben, wenn man sie nur richtig las. B-A-D-2-B-O-N-E. Bad to bone.
Bad to bone.
Bad to bone. Böse bis auf die Knochen.
Was wollte ihr das Nummernschild sagen?
Wer war böse bis auf die Knochen?
Der Killer war böse bis auf die Knochen! Der Killer!
Mia, Inez, Anu, Lauren, Vivian, Ella – alle tot.
M-I-A-L-V-E. Mialve? Was heißt »mialve«? Nichts!
I-M-A-V-E-L? V-E-L-A-M-I? I-M-A-L-V-E?
I'MALVE. I'M... ALVE. I'm al... I'm alve... I'm al*i*ve.
I'm alive!
›I'm alive‹ stand in den Briefen des Killers.
»Ich bin am Leben!«, flüsterte Helen.
Der Killer hatte in seinen Briefen die ganze Zeit verkündet, dass er noch lebte!
Parker Daley war tatsächlich nicht tot!
»Verdammt!« Helen drückte das Gaspedal durch und überholte in halsbrecherischem Tempo den verdutzt dreinschauenden Trucker.

Nach weiteren ermüdenden zweieinhalb Stunden erreichte sie endlich das Wallens Ridge Staatsgefängnis.

# Die Haut

Es lag auf einem Plateau, in der für Virginia so typischen Hügellandschaft, das man nur über eine einzige schmale Landstraße erreichen konnte.

Es war fast Mitternacht, als Helen den Wagen auf dem Parkplatz abstellte.

Wallens war ein Hochsicherheitsgefängnis der höchsten Sicherheitskategorie, das heißt der Kategorie Fünf.

Helen musste zwei Schleusen passieren, bis sie endlich drin war. An der ersten nahm man ihr ihre Waffe ab, an der zweiten wurde ihre Dienstmarke mit Eintragungen in einer Datenbank, die Helen nicht kannte, verglichen.

Schließlich erreichte sie den Verwaltungstrakt, wo sie den Direktor, einen Mann namens Garrison, treffen sollte.

Der Wachmann führte sie zu einer Tür, die mittels eines Summers geöffnet wurde.

»Bitte«, sagte er und hielt Helen die Tür auf.

Helen betrat den Raum.

Es war ein Verhörzimmer.

Der Raum war klein und leer bis auf eine dunkelhäutige, in ein elegantes Kostüm gekleidete Frau, die an einem schmalen Tisch saß.

»Detective Louisiani, setzten Sie sich bitte«, sagte die Frau mit einer irritierend samtigen Stimme. Sie sah an Helen vorbei zum Wachmann. »Es ist gut, Henry.«

Der Wachmann nickte und schloss die Tür von außen.

»Ich hoffte eigentlich, mit Direktor Garrison sprechen zu können, Miss...«

»Arnold. Ashera Arnold.«

»Ashera. Ein schöner Name«, sagte Helen.

»Sumerisch«, erklärte die Frau, als sei damit alles gesagt.

»Wann kann ich Direktor Garrison sprechen?«

»Leider gar nicht. Garrison hat mich informiert, dass Sie die

Akte eines verstorbenen Gefangenen einsehen möchten. Daraufhin bin ich hierher gekommen, um Sie persönlich zu sprechen.«

»Wie nett. Sie sind ...?«

»Ashera Arnold. Das sagte ich bereits.«

»Nein, ich meine, sind Sie die Vorgesetzte von Mr. Garrison?«

»Sozusagen.«

»Könnten Sie ein wenig deutlicher werden?«

»Nein.«

»Sie sind etwas schwierig«, stellte Helen kühl fest.

Die Frau schmunzelte. »Nein, eigentlich nicht. Ich wünschte nur, ich hätte Ihnen die weite Anfahrt ersparen können, Detective. Denn Sie haben sie leider umsonst gemacht.«

»Was meinen Sie damit?«

»Sie verstehen schon. Sie werden hier keinerlei Informationen erhalten. Ihre Ermittlungen bezüglich dieses Häftlings enden genau hier, in diesem Raum, bei diesem Gespräch mit mir.«

»Jetzt hören Sie mir mal zu, Schätzchen, Sie ..«

»Nein, *Sie* hören *mir* zu«, sagte die Frau ernst. »Ihr New Yorker Cop Gehabe beeindruckt mich nicht im Geringsten, Detective. Hier existieren keine Informationen über den verstorbenen Parker Daley.«

»Das Gefühl habe ich nicht. Ich glaube, Sie versuchen einen Polizeibeamten bei seinen Ermittlungen zu behindern.«

»Sie täuschen sich. Im Gegenteil. Ich weise Sie nur darauf hin, dass Sie an dem falschen Ort nach Antworten suchen.«

»Und wo wäre Ihrer Meinung nach der richtige?«

»Überall, nur nicht hier.«

»Aber Parker Daley lebt«, sagte Helen.

»Woher ...«, entfuhr es der Frau.

Helen grinste.

*Also lebte der Bastard wirklich noch!*

Ashera lächelte anerkennend. »Sie sind besser, als es auf den ersten Blick den Anschein hat, Detective.«

Helens Augen verengten sich.

Ashera lächelte noch immer. »Es ist für gewöhnlich nicht einfach, mir Informationen zu entlocken.«

»Sie sind ziemlich von sich überzeugt, Miss Arnold.«

Die Arnold zögerte. »Nein. Ich habe bloß langjährige Erfahrungen.«

»Okay! Reden wir wieder ein bisschen über Mr. Daley.«

»Sie haben für meinen Geschmack schon zu viele Worte über Daley verloren.« Ashera Arnold machte eine kurze Pause, dann fuhr sie fort: »Wie würde es Ihnen gefallen, Detective Third Grade zu werden? Sie würden zwei Gehaltsklassen überspringen. Möglicherweise hängt Ihre Beförderung vom Ausgang dieses Gespräches ab.«

Helen grinste. »Lecken Sie mich!«

»Ach, Detective, bitte! Das ist unter Ihrem Niveau!«

»Ich begebe mich nur auf das Niveau, das in diesem Raum herrscht!«

»Werden Sie nicht ausfallend!«, sagte Ashera Arnold scharf. Dann fing sie sich wieder. »Na schön, wenn es kein Geld ist, das Sie wollen, was ist es dann?«

»Parker Daley«, entgegnete Helen ruhig. »Wo ist er?«

Ashera Arnold hielt Helens Blick stand. »Gerade jetzt?«, fragte sie.

»Genau.«

»In St. Michaels.«

»Shit!«, entfuhr es Helen.

»So könnte man sagen.«

»Sie wussten die ganze Zeit, wo er steckt, richtig? Und Sie haben nichts unternommen!«

»Glauben Sie mir, Detective, das Ganze ist komplizierter als Sie vermuten.«

»Mir egal! Ich verhafte Sie hiermit wegen Beihilfe zu mehrfachem Mord!«, sagte Helen. Sie stand auf und klopfte an die Tür. »Wache, öffnen Sie!«

Die Tür öffnete sich und der Wachmann spähte hinein. »Ja?«

»Ich möchte, dass Sie Miss Arnold in Gewahrsam nehmen.«

Eine Braue im Gesicht des Mannes hob sich.

Ashera Arnold schüttelte lächelnd den Kopf. »Ist schon gut, Henry. Nur ein kleiner Scherz unter Frauen.«

Der Wachmann schloss die Tür wieder.

Helen schluckte.

Ein Staatsbediensteter kuschte vor dieser Frau?

»Wer zum Teufel sind Sie?«

Offenbar hielt Ashera Arnold diese Frage für überflüssig, denn sie ging gar nicht erst auf sie ein. »Draußen wartet ein Hubschrauber auf Sie«, sagte sie stattdessen. »Er wird Sie auf dem schnellsten Weg nach St. Michaels bringen. Vielleicht gelingt es Ihnen ja noch, das Leben von Katherine Williams zu retten. Obwohl das nicht sehr wahrscheinlich ist.«

Helen hatte Mühe, ihre Emotionen im Zaum zu halten. Sie hatte sich verschiedene Szenarien ausgemalt, wie sie hier an die Informationen über Daley kommen würde, doch dass sie solch eine dahergelaufene *Puttana* so billig abspeisen würde – das hätte sie sich nicht mal träumen lassen!

»Und wenn ich dieses großzügige Angebot nun ablehne?«, fragte sie gespielt freundlich. »Was machen Sie dann?«

»Soll ich es Ihnen wirklich verraten, meine Liebe?«

»Sie können mich mal!«, zischte Helen.

»Schon gut, Detective. Ich weiß, dass die Situation sehr frustrierend für Sie ist. Machen Sie einfach Ihren Job und ich helfe Ihnen dabei, soweit es mir möglich ist.«

»Wir sind noch nicht miteinander fertig, Miss Arnold.«

»Oh, doch. Das sind wir.« Ashera Arnold erhob sich und rief: »Henry!«

Wieder öffnete sich die Tür.

»Geleiten Sie Detective Louisiani zum Helikopter«, bat Arnold den Wachmann und wandte sich zum Abschied Helen zu. »Leonard

Johnson, einer meiner engsten Vertrauten, wird Sie nach St. Michaels begleiten. Hat mich gefreut, Detective Louisiani!«

Helen ergriff die ausgestreckte Hand nicht.

»Hier, bitte sehr«, sagte Jamie und reichte Katherine eine Tasse Schokolade und Marshmallows.

»Danke, Jamie», sagte Helen und nippte daran. Es schmeckte unglaublich süß und erinnerte sie an die Kindheit. Seit Anfang ihrer Modelkarriere verzichtete sie auf solche Genüsse.

Sie kramte in der Handtasche nach ihrem Handy. Wann hatte sie es das letzte Mal bloß in der Hand gehabt?

»Shit!«, sagte sie laut.

»Das habe ich gehört«, sagte Jamie lächelnd.

Katherine hatte schon längst bemerkt, dass in Jamies Vorstellungen die Supermodels ideale Wesen waren – vor allem sie. Anscheinend glaubte Jamie, dass Katherine auf importierter Luft wandelte, wie es Blondie einmal sang und Fürze von sich gab, die nach Kölnisch Wasser dufteten.

Sie zwang sich, nicht zu kichern.

»Ich glaube, ich habe mein Handy im Kofferraum vergessen, als ich vorher kurz Andy anrief«, bemerkte sie.

»Kein Problem! Ich hole es!«, sagte Jamie und lief zur Tür hinaus, ehe Katherine etwas einwenden konnte.

Professor Talbot war ein stiller, unauffälliger Mann – das genaue Gegenteil von Umbridge. Mit traurigem Blick erzählte er von Parker Daley: aus gutem Haus, blendendes Aussehen, sehr gute Manieren. Ein Junge, den sich jede Mutter als Schwiegersohn wünschen würde. Talbot erwähnte auch einen brutalen Übergriff auf eine Studentin. Anscheinend hatte ein Mann mit einer Aztekenmaske versucht, das Mädchen zu vergewaltigen. Der Studentin gelang es, den Angreifer zu vertreiben. Die Ermittlungen der Campuspolizei führten zu Parker Daley.

Der Professor wusste nicht mehr, wie es Daley geschafft hatte, nicht von der Schule verwiesen zu werden. Auf jeden Fall brachte er das Mädchen dazu, die Anschuldigungen zurückzuziehen. Später behauptete sie, sie hätte sich das Ganze nur ausgedacht, da sie heimlich in Daley verliebt gewesen wäre und sich an ihm rächen wollte, da er sie nicht beachtete.

»Und das nahm man ihr einfach so ab?«, fragte Andy verblüfft.

»Im Nachhinein betrachtet, klingt es zwar unglaublich, aber Parker Daley hatte so eine Art an sich … Wie soll ich es ausdrücken? Man vertraute ihm. Und in einer Diskussion brachte er jeden dazu, seinen Standpunkt anzunehmen. Dieser junge Mann war brillant, verstehen Sie? Glauben Sie mir, er hatte das Zeug dazu, Präsident zu werden!« Talbot unterbrach sich selbst. »Ich meine natürlich, bevor er die Morde beging.«

Ashera Arnold saß in einer gepanzerten Phaeton Limousine auf dem Weg nach Washington und versuchte, die bestmöglichen Schritte zum Schutze des Projekts festzulegen.

Diese kleine Polizistin ging ihr nicht aus dem Kopf.

Auch wenn die meisten ihrer Mitarbeiter etwas anders behauptet hätten, so besaß Ashera Arnold doch so etwas wie ein Herz. Sie empfand Respekt für Detective Helen Louisiani, deren einziges Vergehen war, dass sie versuchte, die Welt ein klein wenig besser zu machen.

Im Grunde ähnelte diese Louisiani ihr selbst – nur der Maßstab war ein anderer.

Ihr Mobiltelefon klingelte. Sie nahm ab.

»Arnold«, meldete sie sich.

»Williams hier.«

»Hallo, Senator.«

»So förmlich auf einmal? Hatten Sie nicht vor, Wynter auszuschalten?«

»Daley ist uns zuvorgekommen.«

»Sie hätten mich vielleicht zuerst fragen sollen.«

»Was für Spielchen spielen wir jetzt, Senator? Wynter hätte geredet! Das konnte ich nicht riskieren.«

»Trotzdem! Sie hätten mich vorher fragen müssen!«

»Was macht das jetzt noch für einen Unterschied?«

»Keinen.«

»Na, also!«

»Ist die Polizistin schon erledigt?«

»So gut wie.«

»Sehr gut. Geben Sie mir Bescheid! Und kümmern Sie sich um Daley! Er darf sich meiner Tochter nicht einmal nähern! Verstanden?«

»Natürlich! Auf Wiedersehen, Senator.« Ashera legte auf. Wie seltsam. Manchmal lösten sich Probleme einfach von selbst. Sie drückte den Kurzwahlspeicher und wählte eine Nummer. »Leonard?«

»Ich höre Sie!«

»Ist alles schon erledigt?«

»Nein!«

»Ich vermute, sie wird uns über der Bay verlassen?«

»Korrekt.«

»Wann?«

»ETA in etwa achtzig Minuten.«

»Das heißt also: voraussichtliche Ankunftszeit ungefähr in einer Stunde und zwanzig Minute, nicht wahr? Danke, Leonard!«

»Nichts zu danken!«

Ashera klappte das Handy zu.

Wahrhaftig: Probleme lösten sich manchmal tatsächlich von selbst.

Katherines Handy lag wirklich im Kofferraum von Jamies Honda. Jamie schlug die Heckklappe zu, als sie aus dem Augenwinkel eine Bewegung wahrnahm. Offensichtlich war eine der weiten Türen, die zu den Stallungen führten, nicht ganz geschlossen. Jamie beschloss, sich diesem Problem anzunehmen.

Die Stalltore waren riesig. Hinter ihnen konnte man einen Lastwagen verstecken! Sogar einen ganzen UPS-Lieferwagen …

Was, zum Teufel, machte denn so ein Fahrzeug in einem Pferdestall?

Neugierig betrat sie das Gebäude.

Drinnen roch es nach altem Heu und nach Anwesenheit eines UPS-Lieferwagens. Sie ging um ihn herum, ohne das viele Blut auf der Windschutzscheibe zu bemerken.

Die Schiebetür auf der Beifahrerseite war geschlossen. Etwas tropfte auf den Boden. Eine rote Schleifspur führte in eine der leer stehenden Pferdeboxen.

Jamie folgte der Spur zu der Box.

Ein Mann in einer UPS-Uniform lag darin. Seine Kehle war aufgeschlitzt. Das alte Stroh unter ihm bildete ein dunkelrotes Nest um seinen Kopf.

Soviel Blut, dachte Jamie, als jemand sie von hinten packte. Sie fühlte einen kurzen, brennenden Schmerz.

*Soviel Blut.*

# Dahinter

»Dort drüben, gleich bei der Bibliothek, hat man sie gefunden«, erklärte Professor Talbot.

Andys Blicke folgten seinem ausgestreckten Zeigefinger und er bemerkte auf der höchstgelegenen, terrassenartigen Rasenfläche unter einem schmalen Bäumchen eine Vase mit einem frischen Blumenstrauß.

»Die Verwaltung wollte natürlich nicht, dass dieser Ort zu einer Art Wallfahrtsort wird. Aber ich verstehe diejenigen, die einer solchen Tat gedenken möchten.« Talbot zog lautstark am Strohhalm seiner Sojamilch. »Zunächst hat er sie dazu gebracht, sich selbst zu verletzen. Leider wissen wir immer noch nicht, wie! Ich persönlich vermute, dass er dieselben Techniken verwendete wie schon bei dem ersten Mädchen. Allerdings hatte er sie verfeinert. Vielleicht wollte er anfangs nur sehen, wie weit er gehen konnte. Doch als sie ablehnte, sich selbst die Brüste aufzuschneiden, muss er wütend geworden sein.« Der Professor berichtete über diese Grausamkeiten so ruhig und sachlich, als hielte er eine seiner Vorlesungen. »Die polizeilichen Ermittlungen blieben zunächst ohne Ergebnis. Die Beamten gingen davon aus, dass sich das Mädchen selbst verstümmelt hatte. Erst bei dem nächsten Opfer wurde ihnen klar, dass sie es mit einem Serientäter zu tun hatten. Sie brachten diese Tatsache aber noch immer nicht mit Parker Daley in Verbindung. Im Gegenteil – er meldete sich sogar bei der Polizei und bot seine Unterstützung bei den Ermittlungen an.«

Andy nickte. Dies war das typische Verhalten der Täter mit einer Persönlichkeitsstruktur, die der von Daley entsprach. Es ging um Kontrolle und Anerkennung. Meistens waren diese den Betroffenen in der Kindheit versagt geblieben. Den Mangel versuchten sie später durch einen autoritären Beruf nachzuholen. Allerdings scheiterten sie meistens bereits während der Ausbildung, aufgrund ihres asozialen Verhaltens.

»Daleys DNA identifizierte ihn schließlich als den Mörder. Es kam zu einem Prozess vor einem Schwurgericht, bei dem er sich selbst verteidigte.«

»Da hatte er sich sicherlich überschätzt!«

»Im Gegenteil! Er war brillant! Er schaffte es wirklich, seinen eigenen Fall fast zu gewinnen. In letzter Minute führte der Staatsanwalt ihn aufs Glatteis: Zuerst schmeichelte er ihm, dann nahm er ihn in die Zange. Schließlich rastete Daley aus und attackierte den Staatsanwalt. Das Monster zeigte sein wahres Gesicht!« Talbot fuhr sich durchs Haar. «Er wurde verurteilt und in ein Hochsicherheitsgefängnis in Virginia gebracht.«

»Ins Wallens Ridge?«

»Ich glaube, ja.«

»Aha!«

Talbot sah ihn prüfend an. »Bis zu Daley war ich ein vehementer Gegner der Todesstrafe«, sagte er. »Doch jetzt möchte ich diesen Bastard nur noch tot sehen!«

»Angeblich soll Daley im Gefängnis gestorben sein.«

»Das habe ich auch gehört. Doch ich glaube es nicht. Dazu ähneln die Morde an den Models viel zu sehr seinem makabren Stil...« Er sah Andy an. »Meiner Meinung nach ist da was faul.«

»Wie meinen Sie das?«

»Ich habe alles, was Daley betraf, sehr genau in den Medien verfolgt. Ich wollte zu jeder Zeit die Gewissheit haben, dass er sicher verwahrt wurde.« Talbot verzog die Lippen. »Hier in Maryland gibt es sehr viele, sehr sichere Gefängnisse! Haben Sie gewusst, dass ein Senator aus Virginia sich für die Verlegung eingesetzt hatte?«

»Nein! Ein Senator aus Virginia?«

»Senator Williams.« Talbot hielt inne. »Ist das nicht der Vater dieses Mannequins? Ich meine Katherine Williams.«

»Das ist richtig«, erwiderte Andy abwesend und versuchte, sich auf all das einen Reim zu machen.

*Also mal langsam...*

*Der Senator lässt nach dem Unfall seiner Tochter einen Serienkiller in ein Gefängnis seines Staates verlegen. Angeblich kommt dieser Serienkiller dann unter ominösen Umständen ums Leben. Doch nun mordet er wieder – ein Supermodel nach dem anderen. Will sich dieser Wahnsinnige vielleicht an Senator Williams rächen? Falls ja, dann würde das bedeuten...*

»Ich muss telefonieren«, sagte Andy, stand hastig auf und holte sein Handy aus der Hosentasche.

Nach einigen ihm unendlich erscheinenden Sekunden nahm endlich jemand ab.

»Kath?«, rief er.

»Hallo, Andy«, antwortete ihm eine unbekannte Männerstimme.

Andy schluckte und sein Mund fühlte sich plötzlich trocken an.

»Hier ist Parker«, sagte er.

»Ich weiß.«

Andy schloss die Augen. Ihm wurde schwindelig.

*Frag ihn! Los! Bring es hinter dich!*

»Ist sie tot?«

»Wen meinst du, Andy?«

»Sie wissen, wen ich meine!«

»Oh, Katherine? Nein. Sie kann gar nicht sterben. Sie ist eine Göttin. Sie wird wiedergeboren, Andy. Darum gehts hier doch, oder?«

Im Hintergrund glaubte Andy Rufe einer Frau zu hören.

»Ich muss jetzt Schluss machen, Andy! Ich werde noch ein wenig warten. Aber nicht mehr lange. Du beeilst dich besser…«

Die Stimme legte auf.

Andy starrte einen Augenblick ungläubig auf den Screen.

*Das alles passiert nicht wirklich, Fran!*

*Oh, doch! Und du bist mittendrin, mein Schatz.*

»Was ist?«, fragte Talbot.

Andy antwortete nicht.

»Oh, mein Gott«, flüsterte der Professor.

Andy suchte im Telefonspeicher Helen Louisianis Nummer. Das Besetzzeichen ertönte und er musste seine ganze Energie aufbieten, um das Handy nicht auf den Boden zu werfen und darauf herumzutrampeln.

*Ruhig. Versuch es einfach noch einmal.*

Doch es war noch immer besetzt.

Helen merkte, dass jemand mit ihr sprechen wollte, während sie mit Davis telefonierte. Sie warf einen schnellen Blick auf die Anzeige: Andy Peterson! Nun, der gute Doktor musste warten!

»Ja, Davis. Ich weiß! In einem Hubschrauber… lange Geschichte ... Ist mir egal! Beeil dich einfach! Den Sheriff?« Helen überlegte. »Okay! Informiere den Sheriff. Aber er soll vorsichtig sein! Am besten wartet er auf mich! Ich bin in ...« Sie sah Johnson, der das Gespräch verfolgte, fragend an. »Dreißig Minuten«, sagte er.

»Ich bin in dreißig Minuten dort«, sagte sie. »Wie lange braucht das SWAT-Team und du? Okay! Verstehe! Muss genügen ...«

*Aber vielleicht genügt es doch nicht!*

»Jamie?«, fragte Katherine, als sie die Stufen der Veranda hinabstieg. »Jamie!«, rief sie nochmals.

Es ging doch nur um ihr blödes Handy! Wieso eigentlich besaß sie diese zweifelhafte Gabe, Menschen wie Jamie dazu zu bringen, ihre trivialsten Wünsche in heilige Aufgaben zu verwandeln?

Sie tat es nicht absichtlich! Zumindest nicht mehr ... Es passierte einfach! Menschen taten die sonderbarsten Dinge, nur um ihr nahe zu sein. Männer hatten sich für sie sprichwörtlich beinahe umgebracht. Anfangs hatte sie das verunsichert. Dann amüsiert. Mittlerweile fürchtete sie diese Gabe. Und offenbar hatte diese auch bei Jamie gewirkt.

Wahrscheinlich hatte die Kleine bereits den halben Wagen zerlegt, um die Reliquie der heiligen Katherine zu finden.

Katherines Flip Flops machten lustige Geräusche auf dem Kies, als sie das Tor der Scheune erreichte. Es war nur angelehnt.

»Jamie, alles in Ordnung?«, rief sie in die stickige Finsternis.

Keine Antwort.

Sie wartete, dann trat sie in das Dunkel.

Die Bay breitete sich unter ihnen aus wie ein schwarzer Teppich.

Helen beobachtete Johnson, der in aller Seelenruhe einen Schalldämpfer auf seine Waffe schraubte, und griff reflexartig nach ihrem Holster. Wieso zum Teufel war es leer? Hatte sie ihre Waffe wirklich in Wallens Ridge vergessen?

Johnson lächelte. »Sie sind sehr gut, Miss Louisiani!«

Sie deutete auf seine Waffe. »Offenbar nicht gut genug.«

»Sterben hat nichts mit gut und böse zu tun.«

»Sie verstehen, dass ich das ein klein wenig anders sehe?«

»Das macht Sie ja eben so gut!«

»Und? Wie wird es laufen?«, fragte sie. Sie wollte Zeit gewinnen und stellte mit Erstaunen fest, dass sie am Leben hing. Oder es zumindest nicht auf diese Art beenden wollte. »Sie erschießen mich und werfen meine Leiche in die Bay?«

Johnson nickte und zielte mit der Waffe auf ihren Kopf.

Helen starrte in den Lauf. »Das da unter uns ist nicht der Atlantik. Eine Wasserleiche wird schnell mal an Land gespült.«

»Wir überfliegen gerade eine sehr tiefe Stelle.« Johnson öffnete ein Fach unter seinem Sitz. »Das sind Taucherstiefel. Sehr schwer. Zusätzlich werde ich Ihren Leichnam mit Ketten beschweren.« Sein schwarzes Gesicht sah erschreckend zuversichtlich aus. »Sie werden ganz sicher unten bleiben!«

»Offenbar an alles gedacht.« Helen selbst konnte nicht klar denken. Ihr Kopf war leer. Sie hatte 9/11 überlebt. Dies hier würde sie wohl nicht überleben. Offenbar waren ihre neun Leben aufgebraucht.

Johnson stützte die Waffe mit dem anderen Arm ab.

*Ich müsste jetzt eigentlich etwas tun.*

Helen sah, wie sich sein Finger auf den Abzug legte.

*Irgendwas.*

Johnsons Handy klingelte.

Für einen Augenblick sah es so aus, als würde er es ignorieren. Dann ließ seine Körperspannung nach, er sicherte die Waffe und nahm den Anruf entgegen.

Jetzt, dachte Helen.

Sie warf sich auf ihn.

Er reagierte so unglaublich schnell, dass Helen den Schlag nicht einmal kommen sah.

Bewusstlos ging sie zu Boden.

»Was war das?«, fragte Ashera am anderen Ende der Leitung.

»Nichts von Bedeutung. Alles unter Kontrolle«, entgegnete Johnson und konnte nicht umhin, Helens Mut zu bewundern.

»Planänderung!«, sagte Ashera. »Ich möchte, dass Sie Helen Louisiani nach St. Michaels bringen.«

»Roger! Was ist mit ihrer Waffe?«

»Geben Sie sie ihr zurück. Sie wird sie brauchen.«

»Roger und Aus!« Johnson steckte das Handy ein.

Langsam kam Helen wieder zu sich.

Johnson streckte ihr seine Hand entgegen.

Helen musterte skeptisch seine riesige Pranke. »Hab ich was verpasst?«, fragte sie und rieb sich das schmerzende Kinn.

Johnson zuckte entschuldigend mit den Schultern.

»Meine Befehle haben sich geändert. Hier…« Er reichte Helen ihre Waffe und die Dienstmarke.

Sie griff nach ihnen und betrachtete sie, als wären sie ihr völlig fremd. »Neun Leben«, meinte sie.

»Was?«, fragte Johnson.

Helen antwortete nicht, nahm ihre Waffe, entsicherte sie und zielte auf seinen riesigen Schädel.

Johnson lächelte. »Detective, bitte! Stellen Sie sich nicht dümmer an als Sie sind.«

»Was meinen Sie?«

»Sie haben doch bereits am Gewicht der Waffe gemerkt, dass sie nicht geladen ist!«

»Vielleicht ist doch noch eine Kugel im Lauf.«

Johnson leckte sich die Lippen. »Nein! Ganz bestimmt nicht!«

Helen drückte ab und sagte: »Pech!«

Johnson lachte erleichtert auf.

»Was?«, fragte Helen und ihre Hände zitterten. »Was ist los? Was ist los?« Sie zielte immer noch mit der ungeladenen Waffe auf Johnson.

»Nichts!«, sagte er. »Ich bin einfach froh, dass ich Sie nicht eliminieren musste.«

Helen ließ die Waffe sinken. »Was soll das eigentlich?«, fragte sie.

»Sie haben wirklich Schneid, Detective!« Johnson lachte und seine Zähne blitzen auf.

»Und Sie töten mit Komplimenten, oder?«

»Wenn Sie es so sehen wollen, Detective! Ich gebe jetzt dem Piloten die neue Route durch.«

»Tun Sie, was Sie nicht lassen können!«, erwiderte Helen. Das Zittern ließ nach, ihr Puls verlangsamte sich.

Offenbar hatte sie doch noch ein paar Leben übrig. Sie war dankbar dafür, denn sie hatte das unbestimmte Gefühl, dass sie diese noch gerade heute Nacht brauchen würde.

»Hallo! Jamie?«, rief Katherine.

Als sie den UPS-Lieferwagen bemerkte, blieb sie stehen. Er wirkte in diesem Stall so unwirklich, dass Katherine glaubte, ihre Phantasie spiele ihr einen Streich. Vorsichtig trat sie näher und wie Jamie vorher, bemerkte auch sie die dunkelroten Flecken in der Fahrerkabine und die Schleifspur, die zu den Pferdeboxen führte.

Das ... das ist doch Blut, dachte sie.

Sie wollte schon der Spur zu den Boxen folgen, als sie von draußen ein Geräusch vernahm. Ein Wagen näherte sich, er bremste, sie hörte, wie die Fahrertür aufgestoßen wurde.

Eine Stimme rief: »Miss Williams!«

Einen Augenblick lang kämpften beide Eindrücke um ihre Aufmerksamkeit, dann gewann der zweite: Katherine drehte sich um und rannte zum Stalltor.

»Miss Williams!«, ertönte erneut die Stimme und nun erkannte Katherine sie. Es war Davis. Dieser Davis, der sie noch vor einigen Tagen für eine Mörderin hielt. Doch das war ihr in diesem Moment herzlich egal.

Etwas Schlimmes war mit Jamie geschehen. Sie *wusste* es.

Mit einem Ruck riss sie das Tor auf und noch bevor sie ins Freie trat, drang ein beißender, undefinierbarer Geruch zu ihr.

Es roch nach verdorbenem Fleisch.

»Miss Williams!« Davis packte sie am Arm und zog sie zum Wagen. »Kommen Sie!«, sagte er. »Ich bringe Sie weg von hier! Der Catwalk-Killer ist sehr wahrscheinlich bereits auf dem Anwesen!«

Katherine widersetzte sich seinem Griff. »Ja! Ich weiß! Aber Jamie ist noch im Stall! Und dieser UPS-Wagen voll Blut…«

»Beruhigen Sie sich!«, unterbrach er sie. »Setzen Sie sich in meinen Wagen und verriegeln Sie Fenster und Türen. Ich suche Jamie. Also, in den Wagen, Miss Williams!«

Widerstrebend gehorchte sie.

Davis zog die Waffe und lief auf das offene Stalltor zu. Aus dem Wagen sah Katherine, wie er an der Schwelle stehen blieb und einen Blick in den Stall warf. Er schien zu überlegen. Dann schlüpfte er hinein.

Minuten verstrichen. Mehrmals überprüfte Katherine nervös die Türen und Fenster. Sie waren fest verschlossen.

Sie wartete weiter.

Der Schuss kam unversehens und riss sie aus ihrem Erstarren.

Katherine zuckte zusammen.

Zwei weitere Schüsse fielen. Im dunklen Rechteck der Stalltür blitzte Mündungsfeuer auf.

Er hat ihn! Katherine atmete erleichtert aus. Dieser Davis weiß, was er tut! Er hat den verdammten Bastard erwischt!

Davis trat heraus.

Er tat einen Schritt vorwärts, sah sie an und blickte dann an sich hinab. Auf seinem Hemd breitete sich ein großer, roter Fleck aus. Dann floss auch schon Blut aus seinem Mund. Bevor er zusammenbrach, sah er sie noch einmal mit starren Augen an, so als wollte er sagen: »Es tut mir leid.«

Hinter ihm tauchte eine Hand aus dem Dunkel auf, die seine

Pistole hielt. Dann verschwand sie wieder, um gleich darauf mit einem Schlüsselbund aufzutauchen.

Katherine tastete das Lenkrad nach dem Zündschlüssel ab. Doch es gab keinen. Es gab nur einen Start-Stop-Knopf.

Katherine drückte ihn.

Nichts!

Die Hand ließ den Schlüsselbund um den Finger kreisen.

Oh, nein!, dachte Katherine. Sie wusste, was nun gleich geschah. Sie wusste, wie diese Wagen funktionierten! Sie kannte es von ihrem SUV: Nur wenn man den kleinen Chip bei sich trug, konnte man den Motor starten!

Und dieser Chip konnte noch mehr.

Die Hand zielte damit in Richtung des Wagens.

*Nein! Oh Gott, nein!*

Die Türen des Wagens wurden entriegelt.

Mit einem surrenden Geräusch senkten sich die Scheiben.

*Bitte nicht…*

Sie starrte noch immer zum Stalltor.

Plötzlich war sie wieder von dem Geruch verdorbenen Fleisches umgeben.

Sie drehte sich um.

Durch das offene Fenster auf der Beifahrerseite blickte sie in eine Fratze.

*Nein! Das war kein richtiges Gesicht…*

Der Unbekannte trug eine Maske aus Streifen menschlicher Haut, grob zusammengehalten durch schwarzes Klebeband. Aus dem Schlitz in Höhe seines Mundes blitzen Katherine weiße Zähne entgegen.

»Katherine… Wie schön. Endlich lernen wir uns persönlich kennen«, sagte er.

Katherine schrie nicht.

Sie schloss die Augen und wartete auf den Schmerz.

Der Hubschrauber setzte Helen abseits des Anwesens auf einer Wiese ab.

Johnson hatte angeboten, sie zu begleiten, doch Helen lehnte ab. »Verstehen Sie das nicht falsch, Johnson, aber ich traue Ihnen nicht über den Weg!«

»Ich verstehe das schon richtig, Detective. Dann nehmen Sie wenigstens das hier.« Er reichte ihr seine SIG-Sauer mit Schalldämpfer und ein kleines Fernglas mit Nachtsichtfunktion.

Helen steckte sich wortlos die Waffe in den Gürtel und das Fernglas in die Tasche ihres Jacketts und nickte zum Abschied. Johnson erwiderte die Geste und bedeutete dem Piloten mit einer kreisenden Fingerbewegung, dass sie wieder abheben konnten.

Helen trat zurück.

Gras und Erde wirbelten auf, dann erhob sich der Hubschrauber. Erst langsam, wie ein alter Mann, dann schneller werdend. Er drehte sich in der Luft und flog in Richtung Norden, nach Washington, wie Helen vermutete.

Sie sah ihm noch einen Augenblick nach, dann machte sie sich auf den Weg zum Anwesen.

Sie hörte das Glucksen kleiner Wellen.

Es roch nach Salz und Tang. Ein Luftzug auf ihrer Haut ließ sie fühlen, dass sie nackt war. Ihre Arme taten weh. Sie waren über dem Kopf zusammengebunden und ihre ebenfalls gefesselten Füße erreichten den Boden nicht. Um den Hals spürte sie Ketten. Sie konnte sich nicht rühren. Sie versuchte wenigstens die Augen zu öffnen, doch sie waren mit irgendetwas verklebt.

Eigentlich brauchte sie ihre Augen gar nicht, um zu ahnen, wo sie war.

Im Bootshaus.

Sie glaubte, jemanden atmen zu hören.

Ganz nah.

»Hallo!«, rief sie leise. Sie flüsterte das Wort fast.

Keine Antwort.

»Hallo!«, rief sie etwas mutiger.

Immer noch keine Antwort.

Helen lief geduckt zum Haupthaus.

Vor der großen Pferdescheune stand ein Zivilwagen der New Yorker Polizei.

Vermutlich Davis, überlegte Helen.

Sie schlich an einem der Pferdegatter entlang und ging hinter einer Hecke in Deckung. Im Zwielicht konnte sie erkennen, dass jemand vor dem Tor auf dem Boden lag. Sie holte das Fernglas aus ihrer Jackentasche, stellte die Schärfe ein und erschrak.

Davis! Es war Davis! Und er bewegte sich nicht.

Der Kies um ihn herum war dunkel von Blut.

*Scheiße!*

Helen schossen Tränen in die Augen.

*Das konnte nicht sein! Nicht Davis! Gottverdammte Scheiße!*

Ihr erster Impuls war, zu ihm zu rennen.

Vielleicht war er gar nicht tot! Vielleicht konnte sie ihn wiederbeleben! Vielleicht...

*Vielleicht war es eine Falle!*

Wie damals in der City Hall Station.

Sie wischte sich die Tränen aus den Augen.

Was sollte sie tun?

*Handeln natürlich.*

Ihr Partner brauchte Hilfe.

Sie holte das Handy hervor und wählte die Nummer von Sheriff Miller. Seine Gehilfin meldete sich.

»Hier spricht Detective Helen Louisiani, NYPD!«, flüsterte Helen ins Telefon. »Ich...«

Weiter kam sie nicht, denn eine Schaufel traf sie hart am Hinterkopf.

Leblos sackte Helen zusammen.

Mit einem Knirschen zertrat ein schwerer Schuh das Handy und brachte die Stimme der Assistentin des Sheriffs zum Schweigen.

# Darunter

Katherine war Andy zum ersten Mal in einer muffigen Studentenbude auf dem Gelände der Yale University begegnet.

Doch bevor es zu dieser schicksalhaften Begegnung kommen konnte, musste Katherine zunächst einmal völlig atemlos werden.

Sie schwamm im Dunkel des Schmerzes. Von weit her verspürte sie ein leichtes Streicheln an ihrer Wange.

Ganz, ganz leise hörte sie eine dumpfe Stimme wie aus einem Dosentelefon: »Hey!« Die Tonlage der Stimme hingegen war ein wenig schrill.

Kannte sie diese Stimme? Von irgendwoher schon.

Ach ja, richtig! Sie hatte ja der Stimme an diesem unglaublich turbulenten Abend einen geblasen!

Ein Schlag, so sanft wie ein Lufthauch, berührte Katherines Gesicht.

Was hatte sie sich noch mal eingeworfen? Egal, was es war – sie sollte es sich unbedingt merken!

»Hey, gottverdammt wach auf!«, keifte Blow-Job. Jetzt überschlug sich seine Stimme wie bei einem Pennäler im Stimmbruch.

Moment Mal! War sie vielleicht schon so tief gesunken? Nein! Ganz sicher nicht! Blow-Job hatte gesagt, er sei Student. Studenten waren in der Regel nicht mehr im Stimmbruch. Andererseits, sicher sein konnte sie da nicht.

»Oh, Scheiße! Verfickte Scheiße! Los, wach auf, du Schlampe! Scheiße, Scheiße, Scheiße!«

Katherine musste lächeln.

Sie stieß seufzend Luft aus. Nicht weiter tragisch. Aber dann atmete sie nicht mehr ein. Ihr Körper dachte einfach nicht mehr daran.

Und Katherine schon gar nicht. Sie wurde völlig atemlos!

Andy schlenderte mit Francis über den Campus.

Sie hatten sich in der Bibliothek kennengelernt. Dass Francis, genannt Fran, in ihn bereits verliebt war, wusste er nicht.

Ein Junge rannte ihnen entgegen. »Platz da!«, rief er und stieß Fran grob beiseite.

»Hey!«, schrie Andy wütend.

Der Junge beachtete ihn nicht, sondern rannte weiter und verschwand in einem der Studentenhäuser.

»Na, warte!« Andy rannte ihm hinterher.

»Lass doch, Andy!«, rief Fran.

»Der Typ muss sich bei dir entschuldigen!«, rief er zurück.

Jahre später, als sie schon längst verheiratet waren, erzählte sie ihm, sie hätte in diesem Moment gespürt, dass sie ihn für eine lange Zeit verlieren würde.

Schon im Gang hörte er laute Musik. Sie kam aus dem Zimmer, in dem der Junge verschwand.

Ein französischer Chanson.

Nein! *Der* französische Chanson!

Edith Piaf teilte der Welt mit, dass sie nichts bereute.

Andy spähte ins Zimmer. Auf einem schmalen Bett lag ein Mädchen. Sie war nur mit einem Slip bekleidet und wäre wirklich umwerfend schön gewesen, wenn sie nicht so leblos ausgesehen hätte.

Der Junge saß neben dem Bett auf dem Boden und weinte.

»Was ist denn los?«, fragte Andy. Seine Wut vergaß er längst.

»Kathy«, wimmerte der Junge. »Ich glaube, sie ist tot.«

Andy stieg über den Haufen Elend hinweg ans Bett.

Die junge Frau atmete tatsächlich nicht. Er fühlte den Puls.

Nichts.

Er beugte sich über sie und nahm den scharfen Geruch von Erbrochenem wahr. Vorsichtig öffnete er ihren Mund und kratzte ihn mit zwei Fingern aus. Dann biss er seufzend die Zähne zusammen und begann mit der Mund-zu-Mund-Beatmung.

Katherine spürte einen Windhauch.

War es schon wieder dieser Blow-Job?

Nein. Dieser Windhauch war anders.

Er tat weh.

Er fühlte sich wie eine Explosion in ihrem Innern an. Als würde jemand versuchen, den kleinen Motor in ihrer Brust mit einer Kurbel anzuwerfen.

*Nein. Ich will nicht.*

*Ich will hier bleiben.*

Doch der Wind steigerte sich zu einer Böe und riss einen hellen Fleck in die Dunkelheit.

Katherine bemerkte, wie sie langsam in Richtung des Lichts zu driften begann.

»Nein, nein, nein!«, rief sie stumm.

Das Mädchen öffnete die Augen und sagte etwas, was Andy wegen der lauten Piaf nicht verstand.

Andy hob einen Schuh vom Boden und warf ihn in Richtung der Stereoanlage. Der Spatz von Paris verstummte.

»Warum hast du das getan?«, fragte das Mädchen.

Andy runzelte die Stirn. »Edith Piaf spielt man nur auf Beerdigungen«, sagte er.

»Ach so!«, erwiderte Katherine knapp und hustete Andy den Rest des Erbrochenen entgegen.

Es war Liebe auf den ersten Blick.

Der Schmerz zerbarst auf ihrer Haut.

Katherine riss die Augen auf. Vor ihr stand der Killer und hielt einen Streifen Klebeband in der Hand. Ihre Augenbrauenhärchen hafteten daran.

»Hallo, Katherine«, begrüßte er sie.

Er stand jetzt so dicht vor ihr, dass sie erkennen konnte, dass seine Maske aus Haut verschiedener Menschen stammen musste. Katherines Augen weiteten sich, als ihr klar wurde, dass er die Haut von Mia, Anu und all den anderen trug.

»Gefällts dir? Gefällt dir meine Haut?«, fragte er und rieb sie gegen ihre Wange. Beißender Verwesungsgeruch stieg in Katherines Nase. Sie musste sich zusammenreißen, um sich nicht zu übergeben.

»Oh, meine Göttin! All die Entbehrungen, all die Mühe haben sich gelohnt. Jetzt sind wir hier, zusammen«, keuchte er und fuhr mit seinen Händen über ihren nackten Körper.

Katherine wollte schreien, doch ihr Mund war noch immer zugeklebt.

»Ja, die Haut passt so viel besser zu dir. Du hast sie wahrlich verdient, meine Göttin.«

*Was meinte er damit bloß?*

Sie sah ihn fragend an.

»Meine Göttin, weißt du es denn wirklich nicht?«

*Was? Was weiß ich nicht?*

Sein Atem blähte die Maske auf, die blendend weißen Zähne erschienen wieder.

»Du adelst mich mit der mir erwiesenen Gnade, mein bescheidenes Geschenk anzunehmen …«

Katherine verstand immer noch nicht.

»Du trägst meine Haut, Göttin!«

*Nein! Nein …*

»Deine neue Schönheit, dein neues Leben ohne den Schmerz … Das hast du allein mir zu verdanken!«

Katherine schrie.

Langsam kam Helen wieder zu sich.

Es war heiß und sie bekam keine Luft.

Sie lag auf dem Bauch und als sie versuchte, sich auf den Rücken zu drehen, stellte sie fest, dass sie an Armen und Beinen gefesselt war.

Ihr Kopf war eine heiße Kugel voller Schmerz.

Warum zum Teufel war es hier so heiß?

Sie sah sich um. Der Raum war dunkel und feucht.

Holzboden.

*Eine Sauna.*

Sie robbte umher, stieß gegen eine Wand.

*Nein, das war keine Wand. Da war ein Schlitz. Eine Tür!*

Irgendwie schaffte es Helen doch, sich auf den Rücken zu drehen und stemmte mit aller Kraft die Füße gegen die Tür.

*Verschlossen.*

Sie lag also gefesselt in einem dunklen, heißen, abgeschlossenen Raum.

*Großartig! Prima!*

Die Panik kam nicht wie eine Welle, sondern traf sie wie eine gigantische Faust.

»Nicht«, keuchte sie und presste die Füße wieder gegen die Tür.

*Reiß dich zusammen!*

Sie war nicht verschüttet.

Sie war nicht in New York.

Mendez lag nicht ein paar Meter neben ihr, durch Hunderte Tonnen von Beton und Stahl zur Unkenntlichkeit zerquetscht.

Es war nur ein heißer, stickiger, kleiner Raum, in dem sie eingeschlossen war.

Sie atmete stoßweise und viel zu schnell.

*Du hechelst wie ein Hund im Sommer.*

Ihr Blick begann sich zu verengen.

*Du hyperventilierst! Gleich wirst du das Bewusstsein verlieren. Bei der Hitze hier wirst du es nicht mehr wiedererlangen. Das wars dann!*

*Nein!*

*Doch! Dann ist es vorbei. Also, reiß dich zusammen! Was hat Rico immer gesagt?*

*Meinst du, bevor er zerquetscht wurde?*

*Ja. Genau. Bevor er zerquetscht wurde.*

*Was hat er denn gesagt? Lass dich nie mit deinem Partner ein? Vielleicht hätte ich mir auch Davis schnappen sollen. Genutzt hat es ihm nicht, dass ich ihn in Ruhe ließ. Jetzt ist er auch tot.*

*Witzig! Echt! Komm schon, Helen. Was hat er immer gesagt?*

*Du meinst im Bett?*

*Wenn du so willst, im Bett.*

*Er hatte gesagt, ich sei beweglich wie eine Katze.*

*Ganz genau!*

Ihr wurde kurz schwarz vor den Augen.

*Ja, gut! Beweglich wie eine Katze.*

*Dann handle auch so! Arme und Beine sind gefesselt. Was machst du?*

*Ich... ich... Ich weiß nicht!*

*Doch, du weißt es! Du bist beweglich wie eine Katze. Deine Arme sind auf deinem Rücken gefesselt. Zieh die Beine an und schlüpfe mit den Armen durch.*

Sie zog die Beine an und es gelang ihr tatsächlich, die Arme über die angezogenen Beine zu ziehen. Mit den Zähnen riss sie das Klebeband an den Handgelenken ein. Die Beinfesseln zu lösen war dann nur noch ein Kinderspiel.

Helen atmete nun ein wenig flacher. Dennoch wurde ihr wieder schwindlig.

*Jetzt die Tür!*

Es war eine Holztür mit einem kleinen, quadratischen Fenster. Sie wischte über die beschlagene Scheibe. Die Tür musste außen durch etwas blockiert sein.

*Und nun?*

*Das könnte allerdings zu einem Problem werden...*

*Na, was du nicht sagst!*
Helen fühlte, wie sie erneut ein Schwindel erfasste.

Nachdem Andy Katherines Leben auf einem schmalen, fremden Studentenbett gerettet hatte, war nicht viel Zeit vergangen, bis sie den Weg in sein schmales Studentenbett fand. Der Bequemlichkeit halber zogen die beiden jedoch meistens die komfortablere Liegewiese in Katherines Loft vor.

Und genau in diesem Bett schreckte Katherine eines Nachts plötzlich auf.

Neben ihr lag ihr Lebensretter, der sie anscheinend nicht nur vögelte, weil sie mit ihrer makellosen Hülle Millionen verdiente, sondern sie auch für etwas liebte, das sie eben erst selbst an sich zu entdecken begann.

Andy Peterson liebte sie um ihrer selbst Willen.

*Aber das kann nicht sein, oder? Wie kann dieser Andy etwas lieben, was es nicht gibt?*, fragte sie der Schmerz.

War sie wirklich nur eine leere Hülle? Zumindest fühlte sie sich so.

Der Schmerz hatte recht: Sie gehörte nur ihm.

Der junge Mann neben ihr liebte eine Illusion. Mehr nicht.

*Und, habe ich es dir nicht immer gesagt?*

Katherine begann leise zu weinen.

*Sag es.*

Andy drehte sich unruhig im Schlaf um. Katherine biss sich auf die Lippen.

*Sag es!*

»Du hast recht«, hatte sie damals leise weinend geflüstert. »Du hattest immer recht.«

Katherine betrachtete ihre gefesselten Arme.

Sie waren immer noch makellos. Kaum Leberflecken. Keine Pusteln. Nur ein ganz dünner Flaum von Haaren.

Diese Haut sollte jemand anderem gehören?

Sie versuchte sich an die Prozeduren in Professor Wynters Klinik zu erinnern. Sie schaffte es nicht. Alle Eindrücke schienen im dunklen Schlund des Schmerzes verschwunden zu sein.

Stimmte es also wirklich?

Trug sie nun eine fremde Hülle?

Aber wenn dem so war, existierte sie dann überhaupt noch?

Eine leere Hülle *ohne* Hülle war doch...

Ein Nichts!

Und dann waren all der Schmerz, all der Tod, all das Morden, das dieser Wahnsinnige angeblich in ihrem Namen verübt hatte, vollkommen umsonst gewesen.

Kies stob auf, als Andy den Wagen in der Einfahrt zum Stehen brachte.

Er stieg aus und sah sich um. Auf dem Boden entdeckte er eine Spur. Jemand hatte etwas am Haupthaus vorbei in Richtung des Bootshauses geschleppt.

Etwas, das blutete.

Nein, dachte er. Bitte nicht! Nicht Katherine!

Plötzlich trug der Wind eine Frauenstimme vom Bootshaus herüber.

Doch es war nicht die von Katherine.

Sie gehörte Edith Piaf.

Der Killer schaltete den iPod ein, der in einer kleinen Stereoanlage steckte und Edith Piaf begann ihr Lied.

Katherine erinnerte sich, genau dieses Lied an dem Abend in Yale gehört zu haben, als sie das erste Mal Andy traf.

Der Killer wiegte die Hände im Takt der Musik. Dann wandte er sich Katherine zu. »Eine gute Wahl, meine Göttin.«

*Woher wusste er von dem Chanson?*

Dann fiel es ihr wieder ein. In irgendeinem ihrer frühen Interviews hatte sie einmal erwähnt, dass es ihr Lieblingslied war. Dieser Verrückte glaubte offensichtlich, alles von ihr zu wissen. Doch das tat er nicht!

Sie sah auf ihren nackten Körper hinab und begann zu lachen.

Der Killer hielt inne, drehte sich zu ihr und sah sie verblüfft an.

»Was ist so lustig, meine Göttin?«, fragte er. Sie schüttelte den Kopf. Sie konnte einfach nicht mehr aufhören zu lachen.

Der Killer straffte die Schultern. Er wirkte plötzlich größer, selbstbewusster – und bösartiger.

»Hör auf! Hör sofort auf damit!«, schrie er.

Katherine lachte und lachte.

»Halts Maul!« Er schlug sie heftig ins Gesicht und als ob er plötzlich Angst vor seinem eigenen Mut bekam, duckte er sich. Er sah auf einmal ganz anders aus: verängstigt und unterwürfig.

»Verzeiht, meine Göttin«, flüsterte der Unterwürfige. »Ich verstehe! Ihr wollt mich nur prüfen! Ihr wollt sehen, ob ich meinen Zorn im Zaum halten kann! Vergebt mir!«

»Ich bin keine Göttin«, erklärte Katherine ruhig.

Er wandte sich ab, als bereiteten ihm Katherines Worte physischen Schmerz. »Bitte, sprecht nicht so!«, flehte er.

Sie sah ihn an. »Verstehen Sie denn nicht? Ich bin ein Nichts. Sie haben das alles für ein Nichts getan!«

»Sprecht nicht so!«, schrie er wieder.

»Aber es ist die Wahrheit! Ich bin ein Nichts! Selbst meine Haut ist nicht mehr meine eigene!«

Der Selbstbewusste kicherte. »Aber darum geht es doch, Schätzchen. Zuerst hatte ich auch nicht verstanden, warum Wynter mir meine Haut nahm und sie dir gab. Aber schließlich habe ich es begriffen.« Er wartete auf ihre Reaktion. »Komm schon, Schätzchen! Frag mich, was ich begriffen habe!«

Noch bevor Katherine den Mund öffnen konnte, beantwortete der Unterwürfige die Frage des Selbstbewussten: »Es geht um Erneuerung.«

Der Selbstbewusste nickte und betonte genussvoll die Silben: »Er-neu-er-ung. Der Übergang in einen neuen Zustand. Verstehst du, Schätzchen? Ich war meiner Haut nicht würdig. Nur eine Göttin war es.«

»Ich bin keine …«

»Still!«, schrie der Selbstbewusste und schlug Katherine wieder ins Gesicht.

»Du *bist* eine Göttin. Du *weißt* es nur noch nicht.«

»Wie meinen Sie das?«

Der Selbstbewusste machte eine Geste, die bedeuten sollte: Pass auf! Er hob etwas vom Boden auf. Katherine erkannte, dass es ein Benzinkanister war.

»Erneuerung«, verkündete der Unterwürfige schüchtern.

*Avec mes souvenirs, j'ai allumé le feu*, schmetterte Edith Piaf zum x-ten Mal.

Mit meinen Erinnerungen habe ich das Feuer entzündet, übersetzte Katherine in Gedanken.

Ja, sie verstand.

Sie verstand nur zu gut.

Andy folgte der blutigen Spur zu dem langen Steg, der zum Bootshaus führte. Kurz davor endete sie.

*Nein, oh, nein!*

Wie zwei ermattete Tempelwachen lehnten links und rechts neben der Eingangstür zwei Leichen.

Die linke war Davis, der New Yorker Polizist.

Die rechte Leiche war eine Frau.

Erst erkannte Andy sie nicht.

Falsch. Sein Verstand *wollte* sie nicht erkennen.

Es war Jamie.

Er lief zu den beiden hin. Zunächst suchte er nach einem Puls bei Jamie, dann bei Davis – vergeblich. Dann wandte er sich wieder Jamie zu. Ihr Gesicht und ihre Haare waren blutverschmiert, ihre

Därme quollen aus einer Wunde hervor wie Füllstoff aus einem geplatzten Sofakissen.

Ihre Augen waren starr und tot und blickten Andy entsetzt an.

*Oh, arme Jamie.*

Er schloss ihr die Lider.

Er spürte eine unglaubliche Wut in sich aufsteigen, die ihm nicht erlaubte, sich der Verzweiflung zu ergeben. Obwohl er nicht wusste, ob Katherine noch lebte, fasste er in diesem Moment den Entschluss, Parker Daley zu töten.

*Gott, dieser Bastard hatte es verdient zu sterben!*

Und er würde ihn umbringen!

Nicht nur für Katherine.

Sondern für all diese bedauernswerten Opfer wie Jamie und Davis.


Die beißenden Dämpfe fraßen sich in Katherines Schleimhäute, als der Killer das Benzin im Bootshaus verteilte. Anschließend warf er den leeren Kanister achtlos beiseite und kehrte zu ihr zurück.

Er baute sich vor ihr auf und sein Blick fixierte sie.

Dann begann er sich ganz langsam die Maske vom Kopf zu ziehen.

Nur noch ein kleines Stück, dann würde sie endlich sein Gesicht sehen.

Sie hielt die Luft an und für einen Bruchteil der Sekunde schloss sie die Augen.

Als sie sie wieder öffnete, blickte sie in ein anziehendes Männergesicht: eine glatte, ebenmäßige Haut mit einem südländischen Teint. Blaue, kalte Augen. Gerade Nase, hübsches Kinn. Perfekte Zähne. Dunkles Haar.

Katherine hatte ein verunstaltetes Gesicht erwartet, doch dieser Mann sah sehr gut aus. Sie fing an zu weinen.

»Aber, aber«, sagte der Killer und es klang, als tröstete er ein kleines Kind. »Warum weint die Göttin?«

»Sie sind schön«, schluchzte sie. »Wieso dann ... Wenn Sie so schön sind, warum? Warum?« Ihre Stimme versagte.

Er nahm eine ihrer Tränen auf einen Finger und leckte sie dann genüsslich ab. »Muss ich das gerade dir beantworten? Du müsstest erkennen können, wie ich wirklich bin.«

Sie blinzelte und sah ihm in die Augen.

Auch wenn seine Hülle so makellos wie die ihre war, konnte Katherine für einen kurzen Augenblick seine wahre Gestalt hinter dieser schmucken Fassade erfassen. Nichts mehr war glatt und ebenmäßig, sondern zerfurcht, eitrig und mit verbrannten Schwären und Beulen übersät.

Und plötzlich wirkte nichts mehr an ihm echt. Kein Teil seines perfekten Gesichts passte zu dem anderen. Seine Schönheit zerfloss wie heißes Wachs.

Katherine musste an das Bildnis von Dorian Gray denken oder an eines der Strahlenopfer von Hiroshima.

»Wynter hat Ihnen meine verbrannte Haut gegeben«, flüsterte sie. »Deshalb fand man meine DNA am Tatort!«

»Ganz genau! Doch Professor Wynter war großzügig. Nachdem meine Haut bei dir so gut funktionierte, wendete er das selbe Verfahren nochmals an, um deine alte Haut wieder auf Vordermann zu bringen.« Er grinste und fragte: »So, können wir dann jetzt weitermachen?«

Katherine antwortete nicht.

»Ich nehme an, dein Schweigen ist als ein Ja zu verstehen.«

Er hob die Hautmaske und streifte sie langsam über Katherines Gesicht.

»Nicht! Bitte nicht!« Katherines Magen krampfte sich zusammen. Obwohl sie glaubte, die Benzindämpfe hätten ihren Geruchsinn betäubt, roch sie den süßlichen und warmen Gestank der Maske genau und er war nicht zu ertragen.

Sie begann zu würgen, versuchte verzweifelt, den Atem anzuhalten, war kurz davor, sich in die stinkende Maske zu erbrechen.

Dann spürte sie, wie etwas Scharfes ihre Brust verletzte.

Katherine schrie vor Schmerz auf. »Nicht«, bat sie und zitterte am ganzen Körper.

»Meine Göttin«, sagte der Killer sanft. »Ich werde dein Herz essen und deinen Körper verbrennen. Dann werden wir eins und die Erneuerung perfekt sein …«

Er drückte das Messers stärker gegen ihre Brust.

Katherine fühlte, wie Blut aus der Wunde trat.

Doch auf einmal zog er das Messer zurück und fragte: »Hast du das auch gehört?«

»Was … was?«, stotterte sie, der Ohnmacht nah, und versuchte durch die schmalen Schlitze der Maske etwas zu erkennen. Sie drehte den Kopf so gut es ging zur Seite. Um sie herum war es ganz still und das Dock, das die gesamte untere Ebene des Bootshauses einnahm, war vollkommen leer.

Der Killer war verschwunden.

Eine Außentreppe auf der Seeseite des Bootshauses führte hinauf in den ersten Stock zum Wellnessbereich. Dort befand sich ein Badezimmer mit Jacuzzi Whirlpool und finnischer Sauna.

Die Tür zur Sauna war mit einem Stuhl blockiert.

Andy wollte ihn gerade wegschieben, als er plötzlich von drinnen ein Hämmern vernahm. Vor Schreck fuhr er zusammen und suchte mit einem schnellen Blick den Raum nach einer möglichen Waffe ab, fand jedoch nichts.

»Verdammt! Lassen Sie mich da raus!«, rief eine hohe Stimme.

»Helen?« Andy trat den verkeilten Stuhl beiseite.

Die Saunatür flog auf und Helen ihm in die Arme. Sie verloren das Gleichgewicht und stürzten zu Boden.

»Alles in Ordnung?«, fragte Andy.

»Geht so!«, antwortete Helen, die mit ihrem Kopf auf seinem Bauch lag. Sie war verschwitzt, ihre Kleidung feucht. »Haben Sie Davis gesehen?«, fragte sie.

Andy schluckte leer. »Er ist tot. Genau wie Jamie.«

»Wer ist Jamie?«

»Meine Sekretärin. Daley hat sie beide getötet.«

Helen schloss die Augen und fluchte auf Italienisch. Dann rollte sie sich von ihm herunter und versuchte aufzustehen. Sie taumelte leicht, atmete tief durch und zwang sich zur Ruhe.

»Was ist mit Miss Williams? Wo ist sie?«, fragte sie leise.

»Ich weiß nicht. Vermutlich unten im Dock.«

»In Ordnung. Ich brauche eine Waffe!« Helen sah sich um und erstarrte plötzlich.

Von der kleinen Stiege, die zum Dock hinab führte, ertönte ein Knarren.

Helen und Andy sahen sich an.

Daley schlich langsam die Stiege hinauf.

Sein Messer hatte er eingesteckt. Die Pistole der Polizistin erschien ihm in diesem Fall angebrachter.

Im Wellnessbereich sah alles genau so aus wie vorher. Der Stuhl blockierte immer noch die Tür zur Sauna. Mit gezogener Waffe lugte Daley durch das Fenster hinein.

Die Polizistin lag reglos am Boden. Vielleicht war sie sogar tot. Er würde sich später um sie kümmern!

Wahrscheinlich hatte sie versucht, sich zu befreien – der Stuhl war ein wenig verschoben. Daley verkeilte ihn wieder richtig. Na ja, sie schaffte es auf jeden Fall nicht, rauszukommen.

Das musste das Geräusch gewesen sein, welches er hörte: Der Aufprall ihres Körpers auf den Holzboden, als sie umfiel.

Aber warum hatte er dann ein solch komisches Gefühl?

Andy stand auf der Außentreppe, drückte sich an die Wand und lauschte.

Jetzt musste Daley vor der Saunatür sein.

Komm schon, Helen! Komm!, flehte Andy sie in Gedanken an.

Doch er hörte nichts außer einem seltsamen Geräusch. Er brauchte einen Augenblick, bis er begriff, was es war: Holz wurde kurz über die Keramikplatten des Badezimmerbodens gezogen.

Verdammt! Der Stuhl!, dachte Andy. Das war es! Daley hat den Stuhl wieder unter den Türgriff geklemmt! Deswegen konnte Helen die Saunatür nicht aufstoßen und das Schwein überraschen!

Andy spannte die Muskeln und stürmte ins Badezimmer.

Doch noch bevor er sich auf Daley stürzen konnte, hob dieser die Waffe und schoss.

Helen hörte den Schuss knallen.

*Mist! Daley muss etwas gemerkt haben!*

Sie sprang auf und warf sich mit ihrem ganzen Gewicht gegen die Tür.

Ohne Erfolg.

Sie versuchte es noch einmal. Es nützte nichts. Durch das Fenster sah sie Andy mit Daley um die Waffe kämpfen. Sie sahen aus wie zwei Tänzer, die sich nicht entscheiden konnten, wer führen sollte. Hätte sie nicht gewusst, dass es ein Kampf auf Leben und Tod war, sie hätte lachen müssen.

Plötzlich drehte sich der Lauf der Waffe bedrohlich in Helens Richtung. Sie duckte sich, als sich ein weiterer Schuss löste. Die Kugel blieb in der Tür stecken.

Andy stolperte rückwärts, riss Daley mit und die beiden Kämpfenden fielen die schmale Stiege hinab.

Helen warf sich erneut gegen die Tür, doch sie gab auch diesmal nicht nach.

Das Fenster!, fiel ihr ein.

Mit dem Ellbogen schlug sie dagegen. Das dicke Glas splitterte erst nach dem dritten Schlag. Helen stellte sich auf die Zehenspitzen, griff aus dem Fenster und begann an dem Stuhl zu rütteln, dessen Lehne sie gerade noch erreichen konnte.

Nun beweg dich, du Scheißding, fluchte sie.

Wie lange würde sich Andy wohl gegen den Killer wehren können?

*Scheiße, er ist bestimmt schon tot.*

Wie in einem Albtraum nahm Katherine wahr, wie Andy und Daley kämpfend die Stiege hinunterstürzten.

Andy umklammerte Daleys Hand, in der er eine Waffe hielt. Endlich gelang es ihm irgendwie, den Arm des Killers zur Seite zu drehen. Die Waffe fiel scheppernd auf die Bohlen, doch bevor Andy sie zu fassen kriegte, kickte Daley sie weg. Dann packte er Andy und gemeinsam stürzten die beiden Männer in das kalte Wasser.

»Andy!«, schrie Katherine.

# Jenseits

Das Wasser verschluckte die beiden Männer wie ein brodelndes, schwarzes Loch.

Ein harter Schlag traf Andy an der Stirn. Ihm wurde schwarz vor Augen, er schlug um sich und erwischte Daleys Ohr. Dem Killer schien es jedoch nichts auszumachen. Er nahm ihn in den Schwitzkasten.

Um Andy herum wurde plötzlich alles irgendwie ruhiger und langsamer. Im Zeitlupentempo tastete er nach Daleys Kopf. Er versuchte instinktiv, den Daumen in sein Auge zu drücken. Daley wich ihm aus, lockerte aber gleichzeitig den Griff um Andys Hals. Mit aller Kraft ruderte Andy mit den Armen und Beinen, tauchte auf und schnappte nach Luft.

Endlich schaffte es Helen, den Stuhl unter der Klinke wegzuschieben und die Tür aufzustoßen. Ganz außer Atem lehnte sie sich kurz gegen den Türrahmen und sog die kühle Luft ein. Dann stolperte sie hastig die Stiege zum Dock hinunter.

Dort angelangt, erstarrte sie einen Moment lang, als sie Katherine mit der Maske auf dem Gesicht, nackt und an Ketten hängend, sah.

Im Becken des Docks kämpften Andy und Daley. Andy sah sie Hilfe suchend an, dann wurde er von Daley wieder unter Wasser gedrückt.

Dieser Seelenklempner scheint zäher zu sein als erwartet, trotzdem schafft er es allein nicht, dachte Helen. Dann fiel ihr ein, dass sie eine Waffe brauchte, wenn sie ihm wirklich helfen wollte.

»Tun Sie doch was!«, hörte sie Katherine verzweifelt schreien.

Helen blickte sie kurz an, dann rannte sie die Stiege wieder hinauf.

»Nein!«, rief Katherine ihr nach.

Helen stolperte zu Davis' Leichnam.

Sie zwang sich, ihm nicht ins Gesicht zu sehen.

Bitte, lass diesen Wichser Daley einen einzigen Fehler begangen haben, betete sie und schob Davis' Hosenbein hinauf.

Gott, ich danke dir!, dachte sie, als sie dort fand, was sie suchte.

Dort unten, in der Dunkelheit, war es ruhig und wunderschön.

*Nein, Liebling, es ist gar nicht schön. Du ertrinkst gerade,* erklärte Fran ihm.

*Prima, dann bin ich gleich bei dir.*

*Nein, das will ich nicht, Liebling. Noch nicht.*

*Wieso nicht?*, fragte er.

Doch er bekam von seiner toten Frau keine Antwort. Stattdessen spürte er einen scharfen Schmerz, der augenblicklich den Frieden und die Dunkelheit zerriss.

Andy ertastete ein Messer in der Schulter. Auf einmal wurde alles wieder ganz klar. Er holte aus, schlug Daley ins Gesicht, schwamm so schnell, wie es nur ging, an die Oberfläche. Gierig holte er Luft, bevor Daley hinter seinem Rücken auftauchte, ihn wieder packte und das Messer in der Wunde hin und her drehte.

Andy schrie vor Schmerz auf und glaubte trotzdem plötzlich, Katherines Umarmung zu spüren, ihren Duft zu schmecken. Er fragte sich, wie es möglich war.

»Gib auf! Du kannst nicht gewinnen, Doktor!«, flüsterte eine Stimme.

Gehörte sie Daley oder Katherine? Er wusste es nicht. Verzweifelt schlug er um sich, bekam einen Arm zu fassen – Katherines Arm. Ja, es war ihr Arm. Ihre Haut. So fühlte sich nur ihre Haut an. Er konnte sich noch erinnern, er konnte sich noch ganz genau erinnern...

»Kathy«, murmelte er und sein Widerstand ließ nach. Die Hand, die seinen Kopf unter Wasser drückte – es war Katherines Hand, es war ihre Haut.

*Du irrst dich, Liebster.*
*Nein, Fran, diesmal irre ich mich nicht.*
*Doch, du irrst dich!*
*Es ist ihre Haut, Fran. Es ist die Haut... Die Haut... Fran?*

Fran schwieg wieder, stattdessen rief jemand über ihm: »Ich bin ein Gott! Nun bin ich deiner würdig, Göttin!«

Der eiserne Griff gab für einen winzigen Augenblick nach und Andy verschluckte sich, erstickte fast an dem Wasser, hustete und würgte, während er Daley mit aller Kraft von sich stieß. Und auf einmal wurde ihm klar: Es war *die* Haut! Daleys Haut fühlte sich an wie die von Katherine!

»Ich bin ein Gott!«, hörte er Daley wiederholen, diesmal noch lauter. »Ich bin ein Gott!«

»Was du nicht sagst, du Wichser!«, entgegnete eine andere Stimme und Andy, der wieder hoch kam, erblickte Helen. Sie kniete auf der Stiege, eine kleine Pistole in der Hand. Sie wartete, bis Andy aus der Schusslinie war, dann feuerte sie. Ihr erster Schuss traf Daleys rechtes Ohr. Blut spritzte und Knorpel flogen durch die Luft.

Helen schoss erneut und traf Daley am Hals. Mit aufgerissenen Augen und offenem Mund starrte er sie ungläubig an, und ein Schrei des Entsetzens blieb stumm an seinen Lippen hängen. Daley griff sich an den Hals. Zwischen seinen Fingern floss Blut.

»Meine Göttin…«, röchelte er.

Andy stieß sich von dem auf dem Rücken treibenden Körper des Killers ab und schwamm mit letzter Kraft ans Ufer.

Die Waffe im Anschlag, stieg Helen zum Dock hinunter. Sie packte Andy am Arm und half ihm aus dem Wasser. Erschöpft blieb er am Beckenrand liegen und keuchte: »Danke!«

Sie nickte und reichte ihm die Hand. Schwankend stand er auf und schleppte sich zu Katherine. Helen folgte ihm.

Er zog Katherine die Maske ab und warf sie angewidert beiseite, während Helen sich an den Fesseln zu schaffen machte. Katherine schluchzte hysterisch und fiel ihm schließlich kraftlos in die Arme.

Helen zog die Jacke aus und legte sie ihr um die Schultern. Katherines nackter Körper wurde von einem Krampf geschüttelt. Sie schluchzte noch lauter.

»Bringen Sie sie weg, Andy«, sagte Helen. »Ich schaue mich…«

Sie wurde von einem Krächzen unterbrochen und fuhr herum.

Nur einen Schritt von ihr entfernt stand Daley.

Später fragte sich Helen, wie er es aus dem Wasser geschafft und wo er die Handfackel gefunden hatte. Er stand blutüberströmt vor ihnen, das rot glühende Licht der brennenden Fackel tanzte auf seinem hübschen Gesicht.

»Meine Göttin…«

Zum ersten Mal sah Helen ihn nun ganz deutlich und sie dachte: Ich kenne ihn! Aber woher? Wo habe ich ihn schon mal gesehen?

Dann fiel es ihr ein: Am Fahrstuhl im River House. Der junge freundliche Polizist! Das war er gewesen!

Dieser Bastard!

Daley tat einen Schritt auf sie zu.

»Helen!«, rief Andy und auch Katherine schrie auf.

Helen hob die Waffe und drückte den Abzug.

Auf Parker Daleys Stirn zeichnete sich kleines Loch ab, gleichzeitig fiel die Fackel, die er in der Hand hielt, zu Boden. Sofort schossen Flammen in die Höhe, rasten auf sie drei zu und die Luft füllte sich mit beißendem Rauch.

»Weg da!«, brüllte Helen und rannte los. Aus dem Augenwinkel nahm sie wahr, wie Andy – Katherine noch immer in den Armen haltend – in das Becken sprang, bevor auch sie selbst sich durch einen Sprung ins Wasser retten konnte.

Die Kälte verschlug ihr zuerst den Atem und sie rang nach Luft, als sie wieder auftauchte. Neben ihr schwammen Katherine und Andy. Sie sahen zu der Stiege hoch und Helens Blick folgte den ihren. Fassungslos und schweigend starrten sie auf das lichterloh brennende Bootshaus.

In der Ferne heulten Sirenen auf. Bald würde es auf dem Anwesen von Polizei-, Feuerwehr- und Rettungswagen wimmeln.

Viel zu spät, dachte Helen. Viel zu spät würde auch das SWAT-Team, das Davis ganz bestimmt bestellt hatte, landen.

Inzwischen fraßen die Flammen im Gebälk des Bootshauses, das Dach stürzte knirschend ein und begrub nicht nur Daleys Leiche, sondern auch die von Davis und Jamie unter sich.

Der Arlington Friedhof war für gewöhnlich früh morgens ein friedlicherer Ort.

Nebel verhüllte die Senke, die unzähligen, weißen Kreuze ragten aus ihm hervor wie die Masten einer Armada von Totenschiffen.

Als Ashera Arnold ihn hierher beordert hatte, war dem ehrenwerten Senator Williams klar, dass er am Ende seiner Reise angelangt war.

Sicher, er hätte ins Ausland fliehen können, vielleicht nach Europa oder Südamerika, doch dies hätte sein Ende nur hinausgezögert.

Sie hätten ihn gefunden.

Sie fanden einen immer.

Aus dem Nebel tauchten zwei Gestalten auf. Eine große und eine etwas kleinere: Johnson und Ashera.

»Guten Morgen«, begrüßte Williams das ungleiche Paar.

»Senator«, erwiderte Ashera kühl.

Einen Augenblick lang herrschte Schweigen.

»Es hätte funktionieren können«, sagte Williams schließlich.

»Oh, es hat funktioniert. Soweit wir wissen, sind die regenerativen Kräfte der Haut Ihrer Tochter beachtlich.«

»Aber Wynter hat alle Aufzeichnungen über seine Methode vernichtet, nicht wahr?«

»Das ist richtig. Aber wir wissen nun, dass es möglich ist. Insofern war nicht alles umsonst.«

»Dann könnten Sie mich doch eigentlich leben lassen, Ashera.«

»Sie wissen, dass das nicht möglich ist, Senator. Dafür ist unser kleines Projekt inzwischen zu wichtig geworden.« Sie trat einen Schritt zur Seite und er merkte nun, dass Sie an einem leeren, ausgehobenen Grab standen.

»Ich wollte schon immer in Arlington beerdigt worden.« Er trat an den Rand der Grube. »Eins noch.«

»Was?«

»Versprechen Sie mir, dass Sie meine Tochter in Ruhe lassen.«

Ashera zögerte. Dann sagte sie: »Ich denke, dass bin ich Ihnen schuldig, Senator.«

»Ich danke Ihnen.«

Er fühlte ein Prickeln, als hinter ihm Johnson die Waffe mit dem Schalldämpfer hob.

Dann gab es ein leises Geräusch, als platze ein einzelnes Korn Mais in einer heißen Pfanne.

Williams' Körper drehte sich leicht und fiel dann in das für ihn bestimmte Grab.

Ashera und Johnson sahen über den Rand des Grabes. Das Gesicht des Senators wirkte friedlich, der gebrochene Blick gegen den Morgenhimmel gerichtet.

»Werden Sie Ihr Versprechen halten?«, fragte Johnson.

Ashera sah ihn überrascht an. Sie war es nicht gewohnt, dass er ihre Entscheidungen hinterfragte.

»Wynters Arbeit ist für uns verloren, aber es gibt mittlerweile eine interessante Option zu seinen Forschungen. Sollte diese allerdings nicht die gewünschten Ergebnisse erzielen, werde ich mein Versprechen dem Senator gegenüber nicht halten können.«

»Verstehe«, sagte Johnson.

Es klang vorwurfsvoll.

Helen war noch in Easton, als Davis' verkohlte Überreste nach New York überführt wurden.

Philips bot ihr an, den Kondolenzbesuch bei Davis' Witwe zu übernehmen, doch Helen bestand darauf, dies selbst zu tun.

Es war ein trauriger Gang. Besonders in die Gesichter von Davis' kleinen Kindern zu blicken, fiel Helen unendlich schwer.

Sie saß mit Davis' Frau Lana in der Küche.

»Es tut mir so leid«, sagte Helen und starrte in den Dampf des Kaffeebechers.

Lana berührte versöhnlich ihre Hand. »Stimmt es, dass Sie dem Bastard, der John das angetan hat, eine zwischen die Augen verpasst haben?«

Helen zögerte. Sie hatte Davis so selten beim Vornamen genannt! »Ja. Das habe ich«, sagte sie leise.

»Dann gibt es nichts, wofür Sie sich bei mir entschuldigen müssen.«

Nach dem Gespräch mit Lana verschwanden Helens Schuldgefühle zwar nicht ganz, aber es ging ihr doch wesentlich besser.

An anderer Stelle kam sie allerdings nicht weiter.

Sie versuchte herauszufinden, wer diese Ashera Arnold war und für welche Behörde sie arbeitete. Philips bekam von ihren Ermittlungen Wind und bot an, sie dabei zu unterstützen. Nach ungefähr einer Woche rief er sie zu sich ins Büro.

Seine Miene war ernst.

»Was ist?«, fragte Helen und setzte sich auf den Stuhl, den er ihr mit einer knappen Geste anbot.

»Die Nachforschungen werden ab sofort eingestellt«, sagte er.

»Was?« Helen sprang auf. »Warum?«

Philips forderte sie auf, sich wieder zu setzen. »Ich habe mich ein bisschen umgehört und ein paar Gefallen bei einigen einflussreichen Freunden eingefordert. Doch sobald der Name Ashera Arnold ins Spiel kam, wurde mir von diesen Freunden bedeutet, dass ich uns beide in sehr, sehr ernsthafte Schwierigkeiten bringen würde, wenn ich weiter versuchen sollte, gegen die Arnold zu ermitteln. Wer immer sie ist und für wen sie auch immer arbeitet, ihre Position liegt jenseits aller Jurisdiktion.«

»Aber das kann doch nicht sein, Phil! Ich meine, dies hier ist immer noch Amerika, oder?«

»Glaub mir, Helen, das habe ich mir auch gesagt«, entgegnete Phil. »Doch offenbar gilt das nicht für diese Ashera Arnold.«

Helen seufzte. »Es fehlen mir viel zu viele Antworten. Wer war dieser Daley wirklich? Wieso benutzte Wynter gerade seine Haut?«

Phil sah sie lange an. »Vergiss es, Helen! Du hast den Catwalk-Killer zur Strecke gebracht. Das muss dir genügen!«

»Muss es das?«, fragte Helen bitter.

Der Chief antwortete nicht. Er wandte sich ab.

Das Gespräch war beendet – das Geheimnis um Ashera noch immer nicht gelüftet.

Helen hatte das Gefühl, dass vor ihr eine Kurve lag und sie nicht wusste, was sich dahinter verbarg. Doch sie wusste, sie würde diese Kurve nehmen und in Erfahrung bringen, was hinter dieser ganzen Sache steckte.

Egal, wie der Chief darüber dachte.

Sie verließ Philips' Büro und lief den Gang entlang in Richtung der Aufzüge.

»Wollen Sie mit?«, fragte ein Mann, als einer der Aufzüge anhielt und die Tür sich öffnete.

In Gedanken vertieft, trat Helen ein, ohne ihm zu antworten, und bevor sie wieder herausspringen konnte, schlossen sich die Türen und der Aufzug fuhr los.

Helen nahm die Bewegung wahr. Sie hielt den Atem an und wartete darauf, dass jeden Augenblick Panik in ihr aufsteigen würde.

Doch es geschah nichts.

Der Mann sah sie an.

»Ja?«, fragte sie ihn.

»Nichts. Sie haben nur ein so schönes Lächeln.«

Verwundert blickte sie in die messingfarbene Wandverkleidung, in der sich ihr Gesicht spiegelte.

Sie lächelte wirklich.

Sie konnte sich nicht erinnern, wann ihr Gesicht zum letzten Mal diesen Ausdruck hatte.

Dann erinnerte sie sich: Damals, als sie mit Davis nach Easton fuhr.

Die Erinnerung stimmte sie seltsamerweise nicht traurig, sondern erfüllte sie mit einem angenehmen Gefühl: mit einem Gefühl der Wärme.

»Machs gut, Davis«, sagte sie leise, als sie aus dem Fahrstuhl stieg und das Foyer durchschritt.

Sie trug ihre Schultern gerade, als ob Tonnen von Angst von ihnen gefallen wären.

Kurz nach den grauenvollen Ereignissen in St. Michaels wachte Katherine an Andys Krankenlager.

Sie selbst hatte körperlich nur einige kleine Kratzer und Prellungen von der Begegnung mit Parker Daley davon getragen und wie allen anderen Verletzungen zuvor, heilten auch diese sehr schnell.

Andys Messerwunde hingegen war tief und hatte einige Nerven verletzt. Er musste operiert werden, ansonsten drohte sein Arm unbeweglich zu bleiben. Danach stand ihm eine intensive Rehabilitationsphase bevor, doch die Ärzte versicherten Katherine, dass er wieder ganz genesen würde.

In der Nacht der Operation hatte Katherine kaum eine Stunde geschlafen. Sie versuchte, ihren Vater zu erreichen, doch ohne Erfolg.

Als sie wieder Andys Zimmer betrat, bemerkte sie, dass er mittlerweile das Bewusstsein erlangt hatte.

»Hi«, sagte er, ein wenig krächzend. »Vertauschte Rollen?«

»Ja. Die Ärzte sagen, du wirst wieder ganz gesund.« Sie lächelte ihn an.

»Wow! Die *Ärzte!* Plural? Ich komme mir richtig wichtig vor.«

»Das bist du auch«, sagte sie leise.

Er sah sie an. »Und du? Wirst du auch wieder ganz gesund?«

Sie erwiderte seinen Blick und nickte tapfer. »Ich denke schon, ja.«

Aber sie wussten beide, dass dies nur die Zeit zeigen würde.

# Lazarus

Als der Schmerz sie wieder rief, war Katherine nicht zum Lächeln zumute.

*Ich hatte mich schon gefragt, ob du je wiederkommst*, begrüßte sie ihn.

Fast ein Jahr war vergangen. Katherine war aus ihrem Anwesen aus- und in Andys Haus eingezogen.

Sie vermisste dort nichts.

*Machst du dir da nicht etwas vor?*, fragte der Schmerz.

*Nein. Eigentlich nicht.*

Andys Schulter heilte gut und auch die Wunden des letzten Sommers auf Katherines Seele verblassten immer mehr.

Die Nachricht vom plötzlichen Verschwinden ihres Vaters schmerzte sie mehr, als sie vermutet hatte, doch auch nicht so sehr, dass es ihr Zusammensein mit Andy trübte.

Doch in ihrem Innern spürte sie, dass diese Phase der Ruhe und Zufriedenheit nur ein Zwischenspiel war.

Wenn sie etwas von Parker Daley gelernt hatte, dann war es die Erkenntnis, dass sie dem Schmerz nicht entfliehen konnte.

So genoss sie die Zeit und ließ ihren alten, neuen Geliebten in dem Glauben, dass ihr Glück von nun an für immer andauern würde.

Vor drei Monaten hatte Andy eine neue Sekretärin eingestellt und seine Praxis wieder aufgenommen.

Katherine hatte begonnen zu fotografieren. Etwas, was sie immer schon tun wollte, wozu ihr aber lange der Mut fehlte.

Mittlerweile hatte sie einige Ausstellungen in kleineren Galerien gehabt. Eine in Boston war sogar ein richtiger Erfolg geworden.

Andy glaubte, dass sie es um ihretwillen tat, doch in Wirklichkeit wollte sie etwas erschaffen, was ihn an sie erinnern sollte.

Dies wurde ihr nun klar, als sie sich sein Hemd überstreifte.

Er schlief. Sein Atem ging ruhig und gleichmäßig.

Machs gut, mein Herz, dachte sie, sah ihn noch einmal kurz an und verließ das Haus.

Es war mehr aus Vergesslichkeit und Trägheit geschehen. Irgendwie hatte sie die Pille vergessen und jetzt war ihre Periode mehr als eine Woche überfällig. Kein Grund zur Beunruhigung, redete sie sich ein, doch dann wurde ihr morgens schlecht und sie wusste, dass sie schwanger war.

Sie wusste es einfach.

Nur um sicher zu gehen, fuhr sie in die Stadt und erstand im *Safeway* einen Schwangerschaftstest.

Heute früh, nachdem Andy in die Praxis gefahren war, hatte sie dann den Test gemacht.

Schwanger, stand unmissverständlich auf der digitalen Anzeige.

Mit dieser Gewissheit war der Schmerz zurückgekehrt.

Alles würde nun von Neuem beginnen.

Sie würde Andy ein Kind gebären und ihr ohnehin schon perfektes, kleines Glück noch perfekter machen. Und dann, irgendwann mal, würde sie die beiden wieder an den Schmerz verlieren.

Das konnte sie nicht zulassen, auch wenn das bedeutete, Andy in ein weiteres Unglück zu stürzen.

Das alles musste ein Ende haben.

Es war besser so.


Er drehte sich herum und tastete nach ihr.

Doch ihre Seite des Bettes war leer.

»Kath?«, murmelte er leise. »Kath?«, rief er ein wenig lauter.

Er setzte sich auf.

Einen Moment lang glaubte er noch, alles sei in Ordnung. Sie holte sich bestimmt nur ein Glas Wasser. War ihr in den letzten Tagen nicht ein wenig übel gewesen? Doch dann fiel der angenehme Schleier seiner Illusionen von ihm ab.

*Sie ist fort.*

Und diesmal für immer.

Nein, Kath, dachte er. Bitte tu mir das nicht an.

Er sprang aus dem Bett und zog sich hastig an.

Er stürzte in die Garage.

Die *Vanity* war da, stand auf dem gleichen Platz wie immer. Er hatte im letzten Monat begonnen, das Boot wieder flott zu machen. Er und Kath hatten vor, in den nächsten Wochen eine kleine Fahrt hinaus in die Bay zu machen. Aber wenn Katherine es Fran nicht gleich tat und mit der *Vanity* allein in die Bucht hinausfuhr, wo war sie dann?

## Die Haut

Er sprang in den Wagen und raste los.

Das Bootshaus auf Katherines ehemaligem Anwesen war noch immer nicht repariert worden.

Er lief den Steg, der nun in verbrannter Traurigkeit endete, entlang und rief immer wieder ihren Namen.

»Katherine! Katherine!«

Etwas Weißes, Halbdurchsichtiges wehte ihm entgegen.

Ein Schleier?

Eine Erscheinung? Der Geist seiner toten Frau?

Fast erwartete er, dass es ihm durch die Finger gleiten würde, wie Nebel, als er die Hand danach ausstreckte.

*Sei nicht albern.*

Er bekam es zu fassen.

Es war sein Hemd. Er roch daran. Es duftete nach Parfum.

Doch nicht nach Frans Parfum.

»Katherine!«, rief er in die Bay hinaus.

*Nein. Das konnte nicht sein.*

Er konnte nicht schon wieder eine Frau an das Wasser verlieren.

»Katherine!«, schrie er wie von Sinnen.

Im Lauf schlüpfte er stolpernd aus den Schuhen, stürzte beinahe, lief auf den Steg und sprang dann ins Wasser.

»Katherine!«

Er schwamm einige Minuten umher. Dann fühlte er, wie er der Kälte des Wassers Tribut zollte.

Noch ein paar Mal rief er ihren Namen, dann schwamm er widerstrebend an Land.

Er kroch ans Ufer, vergrub seine Hände im feuchten Sand. Er heulte und schluchzte.

Eine Welle überspülte ihn und er kroch weiter das Ufer hinauf.

Dort fand er sie.

Sie saß in ihrem Nachthemd im Sand.

Das Hemd war feucht, ihre Haare noch nass, also war sie bereits im Wasser gewesen.

Er kroch zu ihr.

»Kath…«, flüsterte er.

Sie sah ihn nicht an, sondern versteckte ihr Gesicht hinter ihren angezogenen Knien.

»Kath«, sagte er wieder. Dann war er bei ihr und berührte sie vorsichtig. Sie zuckte zurück, als fürchtete sie seine Wut.

Doch er war nicht wütend. Er war nur unendlich froh, dass sie ihn nicht zurückgelassen hatte.

Plötzlich klammerte sie sich an ihn, als wäre sie wirklich im Begriff zu ertrinken, aber vielleicht war das ja auch der Fall.

»Es tut mir leid«, flüsterte sie.

Er sagte nichts, hielt sie nur fest.

Sie ist geblieben, dachte er. Gott, ich danke dir, dass sie geblieben ist.

Sie hielten einander und schwiegen.

Vielleicht ist dies hier die Antwort, überlegte Katherine. Sie würde wohl nie in der Lage sein, dem Schmerz für immer zu entkommen. Aber gemeinsam mit Andy und ihrem noch ungeborenen Kind war es vielleicht möglich, sich mit dem Schmerz zu arrangieren.

In diesem Augenblick, in dieser Nacht, hier am Strand sprach jedenfalls alles für diese Möglichkeit.

*Möglichkeit…*

Ein gutes Wort. Sie betrachtete es von allen Seiten, ließ es in Gedanken umher rollen wie eine hübsche Murmel.

Es versprach Hoffnung.

Mehr brauchte sie nicht.

# Danksagungen

Es ist seltsam, den eigenen Namen auf einem Buchumschlag zu lesen.

Denn es war ein weiter und mitunter beschwerlicher Weg vom ersten Satz bis zu diesem fertigen Buch.

Und wie bei jedem weiten und beschwerlichen Weg, so war auch dieser hier nur möglich, da ein paar Menschen an mich glaubten und mich begleitet haben.

Da sind zunächst Holger Bösmann und Morten Kansteiner zu nennen, die mich auf die Idee brachten, aus einem unfertigen Text etwas zu machen, was sich später zum ersten deutschen Podcast-Thriller mauserte.

Ich möchte meinen zahlreichen Hörern vom Podcast »Die Haut« danken, die mir mit ihrem Zuspruch Mut machten, die Geschichte so spannend wie nur möglich zu Ende zu erzählen.

Dank gilt auch meinen tapferen Erstlesern Esther Schomacher, Philip Müller, Nadine Bartholomy, Lars Kaufmann, Ralph Rainer und Liane Spatz sowie Ines Haak, Thomas Würstlein und Marisa Manzin. Thank you, guys!

Meinem Verlag danke ich für das Vertrauen und für den Mut, mir und meiner kleinen Geschichte eine Chance zu geben.

Und der Kunstfertigkeit meiner Lektorin Dr. Katarina Graf Mullis ist es zu verdanken, dass sich diese kleine Geschichte wie ein richtiger Roman liest.

Dir, Caroline, danke ich, dass Du mich auch dann noch magst, wenn ich nur von Serienkillern und schicken Telefonen erzähle.

Danke.

*Christian Heinke*

Bochum, Februar 2008

# Glossar

| | |
|---|---|
| Catwalk | engl. Laufsteg |
| ETA | »Estimated Time Of Arrival« engl. Abkürzung für geschätzte Ankunftszeit |
| FDR | Franklin D. Roosevelt engl. umgangssprachliche Abkürzung für den Franklin D. Roosevelt East River Drive, einer Schnellstraße im New Yorker Stadtteil Manhattan |
| »H« | engl. umgangssprachlicher Ausdruck für die Droge Heroin |
| Harpers Bazaar | US-amerikanisches Modemagazin |
| iPod | portables Abspielgerät für Ton, Bild und Filmdateien |
| Knicks | engl. umgangssprachlich für die »New York Knickerbockers«, ein in New York ansässiges Basketballteam |
| No-Fat-Milk | engl. fettfreie Milch |
| NYPD | »New York Police Department« engl. Abkürzung für den Polizeidienst der Stadt New York |
| OPTN-Datenbank | »Organ Procurement And Transplantation Network« engl. Abkürzung für die US-ameri- |

kanische Datenbank des »Netzwerkes für Organ Bereitstellung und Transplantation«

PCL — Abkürzung für Polycaprolacton, einen biologisch abbaubaren Kunststoff, der als Trägermaterial beim -> Tissue Engineering Anwendung findet

Shark 24 — Yacht-Bootstyp in der sog. »Einheitsklasse«

Shrink — »Seelenklempner«
engl. umgangssprachlich für einen Psychologen oder Psychotherapeuten

SIG-Sauer — »SIG-Sauer P226«
Selbstladepistole der deutschen Firma J. P. Sauer & Sohn

SUV — »Sport Utility Vehicle«
engl. Abkürzung für einen Geländewagen

SWAT — »Special Weapons And Tactics«
engl. Abkürzung für Spezialeinheiten der US-amerikanischen Polizeibehörden

Tissue Engineering — engl. Gewebezüchtung
Kombination der Technologien der Medizin-, Ingenieurs- und Werkstoffwissenschaften, um die Gewebefunktion aufrecht zu erhalten, zu ersetzen, zu verbessern oder grundlegend zu erforschen

TV-Dinner — engl. Fertiggericht

| | |
|---|---|
| UMBC | »University of Maryland Baltimore County« staatliche Universität nahe Baltimore im US-Bundesstaat Maryland |
| UPS | »United Parcel Service« Ein international tätiges Logistikunternehmen, vergleichbar mit FedEx, DHL oder DPD |
| Vogue | klassisches US-amerikanisches Modemagazin |
| Weirdo | engl. Sonderling |

# In Vorbereitung

**Christian Heinke »Das Herz«**
*NYPD Detective Helen Louisianis zweiter Fall*

Wer steckt hinter den brutalen Morden an Kindern im beschaulichen Santa Rosa?

Staatsanwältin Samantha Risk, nach einem traumatischen Erlebnis zwangsweise beurlaubt, besucht ihre alte Heimatstadt. Ohne es zunächst zu wollen, verfolgt Sam die Spur des Täters und gerät alsbald in sein Visier. Auch für Helen Louisiani, die mit ihr zusammenarbeitet, wird die Situation gefährlich. Und sie sieht sich mit offenen Fragen aus der Vergangenheit konfrontiert…

# Leseprobe

## Flash

Bis zu dem Augenblick, als die Bombe explodierte, hielt sich Staatsanwältin Samantha Risk für unverwundbar.

Das lag einerseits an dem Familiennamen, den Samantha im Gedenken an ihren Vater mit Stolz trug. Andrerseits verdankte sie den Glauben, dass nichts und niemand sie aufzuhalten vermochte, einem Erlebnis in der Kindheit: Als kleines Mädchen überlebte Sam mit knapper Not einen Blitzschlag.

In der indianischen Mythologie werden Donner und Blitz von mächtigen Wesen, den Donnervögeln, ausgesandt. Jeder, der eine Begegnung mit ihnen überlebt, gilt fortan als ein ganz besonderer

Mensch, der unter dem Schutz der Götter steht. Keine Macht der diesseitigen Welt kann einem solchen Menschen etwas anhaben.

An diesem verregneten Vormittag, im Gerichtssaal 130 des New Yorker Supreme Courts, wurde Sam jedoch dieser besondere Schutz nicht gewährt.

Eigentlich hätte sie es wissen müssen. Joe, der alte Lakota, hatte es ihr in Doc Simpsons' Kramladen prophezeit.

Denn ging man allzu arglos mit den von den Göttern verliehenen Gaben um, forderten diese eines Tages ihren schmerzhaften Tribut…

Das kleine Mädchen lag mitten auf der Wiese.

Sie hatte Arme und Beine von sich gestreckt und starrte mit weit aufgerissen Augen in den Himmel.

Bestimmt beobachtete sie die vorbei ziehenden Wolken, um in ihnen lustige Tiere zu erkennen – und diesen dann noch lustigere Namen zu geben.

Aber war es dazu nicht viel zu dunkel?

Es war ja mitten in der Nacht.

Und da war auch noch dieser Regen.

Er prallte in kleinen Explosionen auf die starren, offenen Augen und auf die noch heiße Haut des Mädchens und ließ sie dampfen.

Dem Mädchen schien es nichts auszumachen.

»Was ist nur los mit dir, kleines Mädchen?«, fragte Samantha. »Warum liegst du bei diesem Wetter auf der Wiese hinter unserem Haus?«

Doch die Kleine antwortete nicht. Sie starrte einfach weiter in den stürmischen Himmel.

»Nun sag doch was!«, rief Samantha dem Mädchen zu. Was war nur los?

Plötzlich tauchte ein Blitz die Welt in strahlend helles Licht und Samantha konnte einen Blick auf das Gesicht des Mädchens werfen – es war ihr eigenes.

Sam blickte auf ihren eigenen, kleinen, leblosen Körper hinab. Der Donner, der folgte, verschluckte Samanthas Schrei.

»Sam!«, schrie ihr Vater und rannte zu ihr.

»Daddy«, flüsterte die über ihrem Körper schwebende Samantha. Ihr Daddy war da. Jetzt würde alles gut werden.

Sie wusste es mit der absoluten Gewissheit und mit dem Glauben eines siebenjährigen Mädchens an die Allmacht ihres Vaters. Und John Risk enttäuschte seine Tochter nicht.

»John, was ist mir ihr?«, rief Samanthas Mutter. Sie trug nur einen Slip und ein Shirt, ebenso wie Sams Vater nur Shorts und ein Unterhemd trug.

Sie waren gerade bei etwas gewesen, was sie schon lange vor Sams Geburt scherzhaft als »Rumble Bumble« bezeichnet hatten.

Samantha wusste nicht, warum sie das wusste. Sie hatte aber das Gefühl, dass sie, hier über der Wiese schwebend, sowieso alles wusste.

»Sie atmet nicht«, sagte ihr Vater weit unter ihr. Er kniete sich hin. Dabei sah er seine Frau nicht an, als ob er nicht wollte, dass sie die Angst in seinen Augen bemerkte.

Er nahm Samanthas Kopf in seine Hände, öffnete ihren Mund und begann mit der Wiederbelebung.

»Was?«, schrie ihre Mutter und stürzte zu ihnen. »Baby! Oh Gott! Sam!«

»Komm schon, Sam! Atme!«, rief ihr Vater. »Komm schon!«

Da schlug mit einem gewaltigen Knall ein weiterer Blitz in einen der Orangenbäume am Rand der Wiese ein. Der Baum wurde gespalten und ging in Flammen auf.

Sams Mutter schrie erneut auf, ihr Vater zuckte zusammen.

Samantha nahm dies alles nur noch verschwommen wahr, denn sie schwebte immer höher und höher in den tosenden Himmel.

»Bye, Mami! Bye Daddy!«, rief sie den beiden Punkten unter sich zu.

»Sam!«, schrie ihr Vater und tat etwas, was er niemals zuvor oder danach getan hatte – er gab seiner Tochter eine schallende Ohrfeige.

Samantha, nun schon weit über dem Sonoma County schwebend, wurde mit einem plötzlichen Ruck wieder hinab in die Tiefe gesogen.

Es ging furchtbar schnell. Und es tat furchtbar weh.

So musste sich wohl Jeannie, der Flaschengeist, fühlen, wenn sie wieder in ihr Gefäß gestopft wurde.

Wirklich kein schönes Gefühl.

Leben, so lernte die kleine Samantha, tat weh.